The Girl of Ink &Stars

追星星的女孩

〔英〕基兰·米尔伍德·哈格雷夫 著
王一多 郭琼 王波 译

云南出版集团 晨光出版社

致萨拜因·卡雷尔，一颗闪耀的星
于北纬 28.6139°，东经 77.2090°

以及帮助我完成此书的所有人
于北纬 51.7519°，东经 1.2578°

前言
Preface

外面的世界

一个女孩很渴望外面的世界，那个世界就在父亲绘制的地图上，草木葱郁，河流交汇，陆海相连。关于外面的世界，还有很多传说，那些故事发生在很久以前，关于勇敢，关于智慧，关于责任与付出。很多人都觉得传说是前人编造的，只有她觉得那不仅仅是故事，而是与她生存的这片土地紧密相关，更根植于她的生命中，成为她前行的动力。

她叫伊莎贝拉，与爸爸相依为命。爸爸是制图师，她耳濡目染，梦想着有一天能绘制出属于自己的地图。爸爸告诉她，地图并不只是比例、风景、地标的组合，更蕴含着生命力。每个人都有自己专属的地图，刻在我们的皮肤上，潜入我们走路的姿势里，甚至融入我们的成长中。心中有这样一幅地图，才不会迷路。

但是，新来的总督封闭了整个村子，禁止任何人外出。传言世界在不停变化，外面不再像爸爸绘制的地图那样生机勃勃，而是变成了一片荒原。河流干涸，浓烟滚滚，甚至有一个怪兽即将被唤醒，吞噬整座小岛。被束缚被禁闭的感觉是最糟糕的，尤其是对于期待到外面闯荡一番的伊莎贝拉来说。但对于一个十来岁的孩子来说，命令之下，唯有服从和等待。

本以为自己就这样在一个闭塞的小村子里长大成人，但她的两个朋友——其中一个是总督的女儿——接连失踪，只留下一串串神秘的脚印。之后所有的动物突然行为异常，逃向大海，多人被捕，包括伊莎贝拉的爸爸在内，新一波的戒严再起。她无法再坐以待毙，于是，她将长发剪短，扮成男孩，带上墨水、羽毛笔、纸等绘制地图的工具，出发了。

与她一起出发的，还有总督、卫兵及脚夫。她代替爸爸成了制图师，变为向导，辨别方位，指示水源与村庄的所在。她如愿以偿地看到了外面的世界，可这世界已与原有的地图所显示的相差甚远，正在一点点崩摧。如何阻止这一切？还有可能找到朋友吗？一个个疑问伴随着她前进的每一步。

伊莎贝拉从未预料到，在这趟旅程中，她会看到地图遇水而变样，看到诸多村庄屋空人亡，看到怪兽苏醒，自己坠落地下，同行者死去……还有很多无法预知的困难在等着她。

在他人眼中，她独立坚强，具有决断力，然而只有她明白，自己其实害怕得要命，困顿又疲倦，信心在流失。而每一次快要坚持不住时，她都会想起爸爸给他讲的关于勇敢与付出的古老传说——一个女孩以一己之力救了一座岛屿。伊莎贝拉并不是要模仿这个女孩，而是要做自己该做的事情，让小岛恢复以往的宁静，让人们重新无所畏惧地生活在这里。

她能做到吗？不到最后，她自己也不知道答案。但在前行的路上，她逐渐领悟到，真正的勇敢并不是不害怕，而是即便害怕也不放弃，也要努力前行。况且，这并非只关乎自己的安危，还决定着一整座岛的命运。

作者基兰·米尔伍德·哈格雷夫之所以写作这样充满幻想的小说，是因为她本就是一个想象力丰富的人。她想做一只猫，或是登上火星的第一位女性，这两者当然都没有实现。但她发现，作家可以想象自己想要的任何东西，她喜欢冒险，喜欢探索，喜欢世界充满多样性，森林无边，鸣鸟歌唱。于是，她塑造了这样一个女孩，代替自己穿过丛林，在地图与星星的指引下，在心灵的召唤下，一步步变得坚定，正如在写作之路上变得愈加坚定的自己。

目录
Contents

1. 开学日

他们说，总督来的那天，成群的乌鸦也跟着飞来了，而所有体型较小的鸟儿全都反方向飞往大海，这就是卓亚岛没有鸣鸟的原因。这里只有无精打采的大乌鸦。我常常看到它们栖息在屋顶上，仿佛某种征兆。我会眯起眼睛看它们，装作自己在看爸爸记忆中的苍头燕雀或戴菊莺。如果我想象时足够努力，几乎还能听到它们唱歌。

“为什么这些唱歌的鸟儿都离开了，爸爸？”我问。

“因为它们还有能力离开，伊莎贝拉。”

“那么狼呢？鹿呢？”

爸爸的脸色会黯淡下来。“似乎大海比它们正在逃离的地方更好。”

然后，爸爸就会给我讲另一个故事，有时是女战士阿林塔，有时是卓亚岛还是一座浮岛时的神秘历史，唯独不再提起狼和飞向大海的鸟儿。但我会一直追问，直到有一天我自己找到了答案。

那天的早晨与往常并无不同。

我从狭窄的床上醒来，阳光正好洒在房间的泥土墙上。空气中弥漫着一股粥烧焦的煳味儿。爸爸一定早就起床了，因为给沉甸甸的黏土锅加热要花很长时间。我听见拉小姐，我们养的母鸡，正在门外刨土觅食。它今年十三岁，和我一般大，虽然十三岁对人来说很年轻，但对一只鸡而言，那可真是一把年纪了。拉小姐长着灰色的羽毛，脾气暴躁，连我们的猫儿佩普都怕它。

我伸伸胳膊，肚子咕咕叫起来，于是我赶快坐起身，结果吵醒了躺在我双腿上的佩普，它喵呜叫着，大声表达自己的不满。

“你醒啦，伊莎贝拉？”爸爸在厨房大声问道。

“早上好，爸爸。”

“粥煮好了，事实上，有点好过头了……”

“我来啦！”我挪开双腿，帮佩普捋顺晚上弄乱的毛，“不好意思啦，佩普。”

佩普咕噜咕噜地叫着，闭上了绿色的眼睛。

我在窗边的水池里洗了把脸，对着一块抛光的金属镜面吐吐舌头。镜面就挂在加博的床上方。接着，我将加博的床单抻平，虽然床单越来越脏，但还铺着。他的枕边有一处拱起的地方，那是我俩的语音线——爸爸沿着墙壁和天花板为我们凿出的一条又长又窄的小隧道。要是我们将嘴唇贴在洞口低声说话，语音线就能将声音传送给对方，这样即便我们的床分别摆放在房间的两端，我们待在上面时仍然能聊天。

三年了。三年前我坐在那里，握着孪生弟弟滚烫的手，眼看着他的生命如燃烧殆尽的火柴般在那个夜晚逝去。

直到现在我依然时时想起他，如同呼吸般自然。

新的一天不应该从悲伤开始。我摇摇脑袋，赶跑这些思绪，穿上校服裙。它还是跟六个星期前一样宽松。我最好的朋友卢佩肯定会哈哈大笑，说："看吧，你还是班上个头最小的那个！"

我迅速将乱蓬蓬的头发编成麻花辫，希望爸爸不会注意到我整个夏天都没打理过头发。佩普在床上滚来滚去，但我不能在穿着校服时抱它。因为我的老师费利斯太太总是会生气地用手指从我衣服上摘去姜黄色的猫毛。

我拉开充当卧室房门的帘子，小心翼翼地跨过拉小姐，并往地上撒了一小撮面包屑，引得它咯咯地叫起来。它眯起眼睛，追着啄我的脚踝，一直跟我到主屋，就是我们吃饭、聊天、安排冒险计划的房间。

大松木餐桌上放着一大碗煮煳的粥，在满桌的地图中，这碗粥好似一座孤岛。爸爸还把无数张地图贴在墙上，我经过时带起的风吹得它们沙沙作响，就像微风在窃窃私语。

每天早上，我都会用手指轻抚这些地图，看着银色颜料描绘出的埃及河流如何与非洲其他河流交汇，看着埃及如何与欧洲的海湾紧紧相连，好像一只手越过大海紧握住另一只手。地图对面的墙上悬挂着美洲海岸线和各大洋流的简易图，上面还标着各种稀奇古怪又令人遐想的名字：冰冻圈、消失的三角洲、蔚蓝之海。地图的底色是一种美丽的深蓝色，洋流则用丝线单独标记出来。爸爸缝丝线用的针也细如发丝。金线代表蔚蓝之海，黑线代表消失的三角洲，白线代表冰冻圈。然而，所有的线条到了东海岸都戛然而止，只留下一片空白，上面赫然写着两个字：

未知。

从这个墨迹早已干透的词语中，我似乎感受到了爸爸深深的失望。他在最后一次出海时遇到了风暴潮，不得不提前返回卓亚岛。在总督来到我们这座岛之前，爸爸再也没能穿越那片波涛汹涌的区域。后来，阿多里总督关闭了港口，把格罗梅拉村村外横穿小岛的森林定为边界，并将反抗他统治的人全部流放到边界之外。这座森林将格罗梅拉村与卓亚岛其他村庄隔绝开来，村子最终与外界断了联系。森林里布满茂密的荆棘丛，悬挂着无数巨大的铃铛，只要有人通过，总督的卫兵马上就能知晓。但我从未听到过铃铛声。

爸爸的梦想是填补美洲地图上的空白，而我最想做的就是穿越森林边界，绘制出小岛另一头的“遗忘之地”的地图，尽管我从未向爸爸提起过这件事。

全岛唯一的一张全景图悬挂在爸爸的书房里，我将它称为“妈妈的地图”，因为它是妈妈的娘家一代代传下来的，也许始于一千年前的阿林塔时代。爸爸是制图师，而妈妈唯一的传家宝是一张地图，这仿佛预示着他们俩正是天生一对。

“我们每个人都有专属的生活地图，它印刻在我们的皮肤上，在我们走路的姿势里，甚至融入我们的成长中。”爸爸经常这么说，“看这里，为什么我手腕处流淌的血不是蓝色[1]而是黑色的？你妈妈总说这是墨汁。我从里到外都是一个制图师。”

“帮我把那个罐子拿下来，好吗？”爸爸的声音吓了我一跳，将我的思绪拉回房间。

我拽过一把椅子，放到架子前站了上去，小心翼翼地从高处拿下罐子，放在桌上的粥碗旁。这个罐子是墨绿色的，有着特殊的意义，因为它是妈妈生前制作的最后一样东西。我们只在开学日、生日和节日时才会拿出来用。爸爸总是十分小心地将它洗得干干净净，收藏到我够不着的地方。

偶尔，我会想起妈妈。她有一双黑色的眼眸，脸上总是挂着微笑，身上带有一股黑黏土的味道——她用黑黏土来为村民们烧制瓶罐，为总督制作各种精致的物件。也许她这般模样只是我的

[1] 手腕处的毛细血管为静脉，氧气含量较低，从外表上看一般为青红色，也会因为体温变化而呈现出蓝色或紫色。（本书注释若无特殊说明，皆为编者注）

幻想，就像那些鸣鸟。

“早上好，小家伙。”爸爸一瘸一拐地从厨房走出来，我赶紧接过他手中的牛奶桶和杯子。

“您怎么能不拄拐杖就下地走路！”我有些生气。

爸爸年轻时摔断了腿，当时他在埃及港口，想从码头跳到已经开动的船上。他现在用的拐杖是由他曾祖父的渔船碎片雕刻而成的。这个房间里有很多我感兴趣的东西，而我最喜欢的就是这根拐杖。它轻如纸片，能浮在哪怕是最浅的水上，最奇妙的是，它在黑暗中能闪闪发光。爸爸说这是因为木头中含有特殊的树脂，但我相信这是魔法使然。

我迅速清理出一块桌面，将喜马拉雅山脉地图移到架子上。

爸爸将牛奶倒进妈妈做的罐子里，然后坐在长凳上我身旁，咧着嘴笑呵呵地说：“选个口袋吧。”

我无奈地翻了个白眼，说：“左边。”

他挤了挤两条毛毛虫似的黑眉毛，说：“答对了。”然后就从口袋里掏出一个小瓶子。

“啊，是松树蜂蜜！”我拧开盖子，一阵甜香味扑鼻而来，馋得我口水直流，“谢谢爸爸。”

“这是最适合庆祝你返校第一天的礼物了。”

我耸耸肩。“只是开学而已……”

“哦，那好吧，还是我自己把这些吃掉，然后……”他拿起打开盖的瓶子，作势要将蜂蜜倒进嘴里。

“别啊！”我一把抢过瓶子，“您说得对，今天非常重要。我还纳闷您怎么没带两瓶回来呢。”

美味香甜的蜂蜜几乎让我忘了粥的煳味儿。我吃完抬起头，看到爸爸面前的食物一口没动。他弓着腰坐在长凳上，这种姿势表示他正在思考。他的手搭在牛奶桶上，我能看到他手腕上的脉搏跳动。他双目放空，好似看着遥远的地方。

每个返校日对我俩来说都很难熬。

我轻手轻脚地收拾完自己的碗，然后将爸爸的碗往他的手边推近一些。“放学后见，爸爸。”

没等爸爸回应，我就拿起书包跑出家门，轻轻地关上了身后那扇油漆剥落的绿色大门。

2. 一个女孩失踪了

我家门外的街道沿着陡坡一路向下，笔直延伸到西海，街道两边的房屋都是一个样式：长长一排屋子，泥土墙，茅草顶。卢佩觉得这些房屋很可爱，可在我看来，似乎一阵大风就能将它们全部刮到海里去。

通常我会跑着去集市广场，沿着陡坡一路滑行，因为乌鸦喜欢低空飞行，奔跑能驱散它们。但今天我只是快步走着，毕竟我现在差不多算是高年级学生了，再像孩子那样奔跑似乎有些不合适。

住在街对面的玛莎正站在家门口。我冲她挥挥手，透过她的肩头看向她身后的屋内。

“在找人？”她微笑着问，布满皱纹的脸就像皱巴巴的旧报纸，“巴勃罗已经走了，你是知道的，总督要求他们黎明前就得开工。”

巴勃罗是玛莎的儿子。他出生时，玛莎已经腰身发福、头发灰白、满脸皱纹了。玛莎说这是个奇迹，巴勃罗也确实很神奇。

他力大无穷，村民们一直对他充满敬畏，加博和我也不例外。巴勃罗十岁就能扛起他的父母，一个肩膀上坐一个。他背着我走路时，我感觉自己好像在飞，但是我已经很久没有见过他了。

两年前，玛莎的背痛加剧，巴勃罗不顾她的劝阻，辍学回家顶替了她的工作。现在他十五岁了，拉大车时轻松得就像那是纸做的，他负责照料总督的马匹。

“他已经将礼物带给卢佩了。”玛莎皱了皱鼻子，我知道她想不通我为什么会与总督的女儿成为朋友。她接着说：“我依照你的叮嘱，让他把东西藏起来了。”

“谢谢，”我说，“明天我能见到他吗？”

“也许吧。”她的语气中倒是没透露出多大希望。巴勃罗总是天不亮就去上工，天黑之后才能到家。

我跟她挥手告别，背上书包，开始沿着坡道往下走。

从我站的高处往下看，格罗梅拉村就像一个车轮或是光芒四射的星星。以集市广场为中心，街道像车轮的辐条般向外放射，有些甚至延伸到宽阔平静的港口。瓶颈似的港口连接着大海，海里渔产丰富。晴朗的夜晚，星星的倒影像睡莲般点缀着海面。

和往常一样，总督的船停泊在港湾。爸爸说，那艘船是用一整棵非洲猴面包树的树干雕刻而成的。猴面包树肯定是高大挺拔的大树，因为船体几乎横跨整个港口，巨大的桅杆直冲云霄，船帆全都收了起来。总督的船像一座大山般蛰伏在港口，如庞然大物般俯视着四周的小渔船。但凡是总督的东西，占据的空间总是过多。

东面，总督府邸在阳光下熠熠生辉。用黑色玄武岩建造而成的豪宅有五艘轮船那么大，坐落在碧海翠林之间，像一大片风暴乌云在山野间铺展开来。但从我站的位置看，它小到我的食指和拇指就能将它捏住。总督府邸再往下就是村庄，学校位于两者中间。

校舍虽然又旧又小，但屋内光线充足，而且墙壁上五颜六色，这是我们用爸爸节省下来的全部染料粉刷而成的。但总督下令推倒了它——卢佩已经厌烦了一个人在家上课，要求像我们这些孩子一样去当地学校上学。

于是阿多里总督用石头重新修建了一所学校，是原来的两倍大。因为他女儿上学的地方就得看上去高大雄伟才行。

“你明白吧，他那么做可不是为了我，”卢佩苦笑着，然后用一种更时髦的语调补充道，“只是为了维护家族的荣誉。”

我们不能在新校舍的墙壁上涂涂画画了，所以很多孩子不喜欢卢佩，但我知道这并不是她的错。

总督府邸的后面是果园，那里最接近森林边缘，不过我从没去过。我眯着眼睛望向那边，想知道在众多蚂蚁般大小的工人中哪个是巴勃罗。西边，上涨的潮水几乎全部没过了海滩上的黑色砂石。总督禁止人们涨潮的时候到海滩上，也禁止人们下海，只有那些为他开船的人除外。我的脚指头痒痒的。虽然爸爸跟我描述过在海水里的感觉，但这跟自己亲身体验是完全不同的。

海滩的上面是粘土矿，我闪开目光，不愿意往那边看，因为这会勾起我对妈妈仅有的几次清晰的记忆之一——她带着加博和我去矿井的那天。她教我们如何用藤蔓将自己绑到龙血树上——“你得像这样打个结，然后将汁液涂抹在手心里才能抓牢”——接着她将我们依次放入矿井中。加博很害怕，在空中拼命扭动身体，结果打好的结散掉了，只听到响亮的啪的一声，他摔在井底的软泥里。妈妈把他从黑暗的谷底拉回地面，他浑身脏兮兮的，我看了大笑不止。

我还记得那时笑到肚子抽筋的疼痛感。两个月后妈妈去世时，那种疼痛感又回来了。想到将我们带出黑暗的人已经不在了，那种疼痛感更加深刻。三年后，同一种多汗症又带走了加博。即便又过了三年，粘土矿的记忆仍让我喉咙发紧。

卢佩总会在集市广场边上的一个圆桶旁等我，然后和我一起走去学校，为此她每天得跟工人起得一样早。当我到达广场时，打水的人已经在井边排起了长队。自从阿瑞塔拉河河水开始干涸，越来越多的人需要来这儿取水。

所有的货摊都开张了，有卖活鱼的，卖粮食的，还有卖皮革的。大多数货摊都属于总督，用的是淡蓝色遮阳篷。这些遮阳篷连在一起就像一片蓝色的天空，中央有一个太阳金色的遮阳篷，是蜂蜜货摊。

我正要往圆桶那边走，手腕突然被人抓住。我吓得跳起来，碰到了旁边的摊位，蔬菜滚落到尘土飞扬的地上。

“喂！”摊主咆哮道，“看你都干了什么！”

我转过身，想看看抓住我手腕的人是谁。是一个身穿绿色长袍的女人，那意味着她在果园工作。这个时间她本应在果园干活儿——迟到者有时会受到鞭打。

“对不起，”那个女人向摊主道歉，却没有将她的目光从我脸上移开，“你是伊莎贝拉·里奥塞斯？”

“是我，”我答道，“你是——”

“出事了。”她更加用力地握紧我的手腕。这个女人身材矮小，几乎跟我一样高。

“看你们都干了些什么！”摊主嘟嘟囔囔地重复着刚才的话，从一堆土豆后走出来。

“卡塔。”这个女人没有理会摊主的抱怨，用嘶哑的声音问道，

“你见过她吗？”

我皱了皱眉头。“卡塔·罗德里格兹？”卡塔和我同班，但我们只说过几次话。

那女人拼命点头。“我是她妈妈。她说过你们是朋友。我想也许你知道她在哪儿。”

我不自在地动了动身体。的确，我对卡塔比别人对她好一点。她太安静了，大多数人都会忽视她。“很抱歉，”我开口道，“我没有——”

“我到处都找过了。我醒来时她就不见了，我——”那女人突然停下来，大口喘着粗气。她把手放在胸口顺着气，仿佛呼吸不到足够的氧气。

“你们！在这儿干什么？”

卡塔的妈妈吓坏了。一个身穿蓝色制服的总督卫兵朝我们大步走来，人群就像田里的小麦一样纷纷避开，给他让路。

“如果你见到她，请送她回家。”那个女人满脸焦急地对我说完，就立刻朝总督的庄园跑去。

“真是一团糟。”摊位被撞翻的小贩边嘀咕边收拾，“别碰，不需要帮忙。你造成的麻烦已经够多了。”

我茫然地走向经常和卢佩碰面的地方。那女人的神情中有什么东西深深震撼着我，直入骨髓。希望卡塔一切平安。

“伊莎[1]！”

卢佩背着书包飞一般地穿过广场朝我跑来时，我转过身来，其他村民则远远地躲开她。作为总督的女儿，卢佩的朋友不多，但她丝毫不在意。

“无所谓。”有一次，卢佩顶着她妈妈编的满头小辫去学校，一个女孩笑话她，卢佩这样对她说道，“伊莎贝拉喜欢，这对我来说就够了。”

卢佩和我，我们俩是一个很奇异的组合：卢佩几乎长得和一个快成年的男孩一样高，而我还不到她的肩膀。她似乎比一个月前我俩见面时又高了些，她妈妈肯定会不高兴的。阿多里夫人是一个身材娇小、气质优雅的女人，拥有悲伤的眼神和冷淡的微笑。卢佩说她妈妈从来不开怀大笑，而且认为女孩子不应该奔跑，也不应该长得像卢佩这么高。

卢佩紧紧抱住我，又往后退了两步，开始上下打量。

“还是这么矮！”她羡慕地说完，又皱皱眉头，“怎么回事？你的脸怎么这么苍白，难道这个夏天你爸爸不让你到外面玩？我妈妈也不让，但我有时会偷偷溜出去——”

“卡塔失踪了。”我难过地说道，“我刚才看到她妈妈了。”

“卡塔？”

[1] 伊莎贝拉的昵称。

我不耐烦地转了转眼珠。“就是坐在教室后面的那个女孩。”

卢佩将重心从一只脚换到另一只脚上。她脸上的表情跟佩普打碎盘子还要假装漫不经心闲逛时一样。

我盯着她。“怎么回事？”

“什么怎么回事？”卢佩说着，把她的书包往肩膀上拉了拉。

“你肯定知道些什么。”我向她逼近一步。

“不，我什么都不知道。”她往后退了一步。

我用爸爸教我的方式挑了挑眉。

卢佩耷拉下脑袋。“我敢肯定她不会出事的。只是，这个夏天她凑巧在厨房帮工，昨天我让她去果园给我拿些——”

“果园！”那种疼痛的感觉又回到了我的身上，“卢佩，你知道我们是不允许去那儿的。”

“是的，我当然知道，但我已经很久没有吃过火龙果了。我需要在生日当天准备一些，不是吗？”

我从没吃过火龙果，甚至都不知道它们长什么样，但我知道那是卢佩最喜欢的水果，就种在森林边缘的总督果园里。除了总督的卫兵和少数几个仆人之外，其他人禁止靠近。

“卢佩，你是知道的，卡塔一旦被抓住，现在很可能正关押在迪达洛。”

卢佩满不在乎地挥挥手。“又要说那个地方？我就住在总督府，却从来没见过。”

卢佩不会注意眼皮底下的东西，这是她的风格。而迪达洛——那个迷宫——正好在她的眼皮底下，因为阿多里总督直接在那个天然形成的迷宫上修建了他的府邸，那些迷宫隧道现在就是他关人的监狱。玛莎的丈夫去世前在那里被关了十年。

卢佩搂住我的肩膀。“放轻松，臭脾气的家伙。卡塔会没事的！”她推着我沿着狭窄的街道向田野走去，“她可能已经到教室了，也许现在嘴巴里塞满了我的火龙果。我请你品尝品尝，它们真的很好吃。别忘了今晚有烟火表演哦！”

卢佩讨厌黑暗，但喜欢烟花。它们缤纷璀璨，色彩绚丽，坠落的火花能照亮整片天空。但是佩普很害怕，所以我也不喜欢烟花了。

“爸爸让我自己选颜色。我挑了几个金色的，一个蓝色的，两个红色的……”

我任由卢佩在我耳边叽叽喳喳说个不停，和她穿过田地抄近路向学校走去。也许她是对的。即使卡塔被抓住了，总督的卫兵总不至于因为偷水果就把一个女孩扔进迪达洛吧？我暗自下决心，以后在学校里要对卡塔更好一些，也许还可以邀请她到我的花园里来观看卢佩的生日烟花会。“哦，你还没见过这个呢。”卢佩说着突然停下来，猛地拉住我。

“什么？”

她从衣服里掏出一条金项链，放在掌心。金色的吊坠在阳光下闪闪发光，我一下子就认出了上面刻着的图案。

“那是非洲，爸爸的故乡。”卢佩说道，“这是他送我的生日礼物。这条吊坠项链是我祖母的。”

“里面是什么？”

卢佩耸耸肩。“爸爸说现在还不到打开的时候，得等我长大后才可以。他是唯一一个有钥匙的人。”

“项链很可爱。”

“戴着很重，”卢佩说道，“但我很喜欢。不过这是我仅有的生日礼物。”

她满脸期待地看着我。我试图假装自己不知道她在等什么，但她一直冲我傻笑，我实在是看不下去了，只得从书包里掏出一个卷轴。

“生日快乐！”我也冲她咧嘴一笑。

“一张地图！标有一个 X！”

这是一张十分简易的地图，没有星线，只有一个末端标了 N 的箭头指示方位。我根本没有足够的时间做出一张线索十分丰富的寻宝图。

“这是寻宝图。”我捏捏卢佩的手。

“干吗站着一动不动呢。”卢佩边喊边往前奔去，“我们来赛跑！”

她有一双长腿，跑步本应该是她擅长的项目，但她跑起来却像一条腿的兔子，动作很不协调，所以我们总能并肩而行。我气喘吁吁地穿过干燥的田野，书包在背上甩来甩去。

卡塔会出现在学校，卢佩会吃到她想要的火龙果，什么问题都不会有的。

最后，卢佩来到了 X 代表的地点，一个废弃的养兔场，巴勃罗早已按照我的请求将礼物藏在了这里。礼物裹在一个蓝色的纸包里。卢佩打开纸包，里面是一条手工编织的小巧手链，编手链的线是我央求玛莎得来的。我在线里掺了一股纯金线，那是我从爸爸的书房里偷来的。他不再绘制特殊的地图了，所以我想他也不会发现。

“我太喜欢了！”卢佩立刻将手链绕在自己的手腕上，我帮她打上结，“这是我最喜欢的礼物。”

收到一条糟糕的手链居然比收到纯金的吊坠项链更开心，大概也只有卢佩会这样了。这是我喜欢跟她做朋友的原因之一。

“走吧。”我牵上她汗津津的手，拉着她朝低处长方形的学校走去。开学第一天迟到对卢佩·阿多里来说可能不成问题，但费利斯太太可不会轻易原谅普通学生伊莎贝拉·里奥塞斯。

我们再次跑起来，希望不会听到上课铃声。到达学校时，我们俩都热坏了，一边喘气一边哈哈大笑，结果岔气了，胸腔像针扎一样疼。

“我……赢了！”卢佩喘着粗气说道。

“不……是我！我……赢了……你。”

“姑娘们！”费利斯太太出现在学校门口，她脸色难看，像吞下了一整个柠檬。当她认出卢佩时，她的脸色像吞了两个柠檬。“阿多里小姐，应该有人通知你了，我派人直接去找你父亲——”

“什么？”卢佩皱起眉头，“什么事？”

“出了点——，好吧，我相信你的父亲会跟你解释的。今天学校停课。”

“停课？”我愣住了，“为什么？”

“够了，别再问了！”老师厉声说道，她看向我们身后，脸上的表情突然僵住了。

我们转过身，看到两匹深褐色的马正拉着一辆车驶过坑坑洼洼的泥道，从村庄那边往学校而来。那两匹马似乎有些焦躁不安，有点畏葸不前，不停地抖动着鬃毛。两个男人分别坐在车夫的两旁，阳光照在他们的剑上，光芒刺眼。

马车上垂着蓝色的帘子，用来阻挡车外的高温。即便距离很远，透过帘子上的身影，我还是能认出车内坐着的是身形宽阔的总督和他身材娇小的妻子。

3. 宵禁

马车在校门外停了下来。车夫跳下车打开门，阿多里总督拨开帘子下了马车。我往后缩了缩，站到卢佩身后。近距离看上去，他肩宽肚圆，浑然像个桶，比我想象中要矮很多。

我从未跟他接触过，只在每年的游行庆典时远远望见他骑在马背上。他下令村庄里所有人沿街为他欢呼。卫兵们甚至还发放蓝色的条幅让大家挥舞，弄脏条幅的人必会遭到惩罚。我怀疑他是否知道卢佩和制图师的女儿做了朋友。

“过来。”他对卢佩说。

卢佩无措地看看我，我松开她的手。

“爸爸，怎么回——”

“别问，进去。”

“伊莎贝拉能跟我一起吗？”

他的眼神扫过我，我缩了缩脑袋。“不行，”他说道，“我们要回家。”

“那我们可以顺路把她送到村子里吗？”卢佩小心地询问。我知道，总督从不允许她邀请任何人去家里玩。

总督咂咂嘴，朝我的方向打了个响指。“快点。”

费利斯太太小心翼翼地走在我们身边。“对不起，阿多里总督大人。我的确派人去给您送信了，但这两个女孩从田野抄近道——”

总督不耐烦地抬抬手，费利斯太太立即闭上嘴。接着，他示意我们到马车里去。

我爬进马车内，坐在柔软的垫子上，双腿不停地颤抖。阿多里夫人就坐在我的对面，她将裙子从我满是灰尘的凉鞋上移开。她嘴巴紧闭，脸色比平常更苍白，还不耐烦地用蓝色丝绸扇子在双颊周围扇着风。爸爸说她来自欧洲，她的穿着也确实是欧式风格。尽管天气炎热，她还是穿着一条蓝色丝绸的大裙摆长款连衣裙，一串汗珠顺着她的脸颊滑落。可她并不动手去擦。

我们出发了。这是我第一次乘坐马车，却很难兴奋起来。学校为什么要停课？总督为什么要接卢佩回家？他以前可从没接过她。

我偷偷瞥了总督一眼。在马车狭窄的空间里，他显得极具压迫感。他的肤色比卢佩深，简直跟爸爸的一样黑。他有一双细长的眼睛，黑瞳孔，眼神像毒蛇般冰冷无情。在我观察他的时候，一只黄色的蜻蜓飞过他的太阳穴，他伸手一把抓住了蜻蜓，用两只手指碾碎，然后扔到铺有地毯的车厢地板上。我忍不住打了个寒战。

他为什么来这里？他凭什么把卓亚岛视为私有财产？卓亚岛是大家的，我们已经在这儿生活了几个世纪。因为他，我从来没有去过岛上其他地方，更不要说外面的世界。爸爸的制图手艺也因此浪费了。因为他，鸣鸟都飞走了。玛莎甚至还说河流干涸也是因为他，但爸爸说她只是迷信而已。

天气沉闷燥热。天鹅绒的坐垫粘在我的腿上，我真希望能拉开窗帘透透气，看看外面的情况。可我能做的只是盯着挂在总督腰间的一串钥匙。卢佩似乎也不自在。

“发生什么事了，爸爸？”

总督的手握紧又松开。“回家后妈妈会跟你说的。”他的眼神再次扫过我。

“发生了什么糟糕的事情吗？”

他干笑一声，听起来就像沉闷无调的铃声。一阵恐惧向我袭来。为什么不能现在说？

没有人再开口，直到总督突然大喊一声：“停车！”车夫拉紧缰绳停下来，跳下车打开门，马车随之晃了晃。我拨开帘子，眼前的情景让我不寒而栗。

我们回到了集市广场，但这里已经空寂无人。所有的摊铺全部关门了，街面上空空如也，只有成群的乌鸦在争夺食物残渣。我不知道到底怎么了。平常这个时候应该是一天中最繁忙的时段，人来车往，村民们会趁着午间热浪横扫格罗梅拉村之前采购日常用品。

阿多里总督的声音低哑而冷酷。

“快回家，丫头。我们不能再往前送你了。”

“明天上学见？”我拉开车门时，卢佩问道。

“你不去学校。”总督咆哮着，“至少这几天不能去。”

我的心开始咚咚乱跳。我很想问问到底发生了什么事，但喉咙里好像堵满了沙子。总督的妻子再次将她的裙子从我的脚边拽开。我爬下车，小心翼翼地抬起脚，以免凉鞋蹭到她的丝绸鞋。

总督正要关车门，这时卢佩伸出手臂，紧紧搂住我。

“我会想办法弄清楚情况。”她搂着我的脖子，在我的耳边低声说道，“明天我们在圆桶旁见个面？傍晚行吗？你别忘了看烟花。”

我朝卢佩点点头。车夫甩开鞭子抽得马儿小跑起来，她猛地倒向帘子后面的阴影处。

当我跑回家时，眼前的情景让我近乎窒息。房门大开，门口的花盆倒在一旁，泥土和雏菊撒了一地。我猛地停住脚步，集市广场上攫住我的那种惊恐感阻止着我继续向前。

“爸爸？”

没人回答。

我向前几步。

“爸爸！”

我猛然从阳光下走进昏暗的屋内，眼前开始盘旋斑驳的光点。我眨眨眼睛，恢复了视力。

爸爸不在主屋。房间里还是我出门前的样子，那碗烧焦的粥仍旧放在一堆地图的中间。墙壁在轻微地摇晃——不知道是地图在晃还是我的脑袋眩晕的缘故。只有墨绿色的罐子被放回了架子上。

爸爸的书房里传来一阵沙沙声，我如释重负。爸爸经常会这样，工作太专注了以至于听不到我的声音。他也许都不知道外面发生了什么事。我走过去拉开厚重的帘子。

“爸爸——”

百叶窗敞开着，微风轻轻掀起桌上的纸张，这应该就是我听到的声音。爸爸平常坐的凳子上没有人。书桌上的羊皮纸沾染了污渍，表面有东西在反光。

我忍不住伸手摸了一下。

羊皮纸湿湿的。我的手指染成了红色。

我觉得整个房间都在旋转，内心陷入无边的黑暗。

“我们每个人都有专属的生活地图，它印刻在我们的皮肤上……”

是爸爸的声音。可为什么听起来那么——冰冷而缓慢？

“看这里，为什么我手腕处流淌的血不是蓝色而是黑色的？”

为什么他接下来要说的话我知道得一清二楚？

“你妈妈总说这是墨汁。我从里到外都是一个制图师。”

爸爸在我的前方，穿过一条两边都是房屋的漆黑长廊向我走来，房屋摇摇欲坠像风中摇摆的树木。然后房屋就变成了树。爸爸朝我伸出手，他的手掌上满是红色的鲜血。他的胸前血肉模糊，粘满羽毛——黑色的，就像佩普抓的乌鸦身上的羽毛。

“我从里到外……”

我在做梦。梦中的爸爸正朝我走来，可我看不清他的脸。我挣扎着从滚烫的地上爬起来，顺着延伸的树木慢慢后退，离他越来越远，最终走出了梦境。

有东西在拽我的头发。

是拉小姐。我睁开眼睛，它生气地咕咕叫起来，还开始绕着圈跑来跑去。我正躺在书房的地板上。佩普蹲在门口，谨慎地看着我。可是爸爸——去哪儿了？

我看着手指上深红色的痕迹，脑袋阵阵作痛。我慢慢站起身，感觉房间依然在晃动，刚才倒下时撞到的肩膀还有余痛。我摇摇晃晃地穿过屋子，去厨房和花园寻找爸爸。加博种在花园里的塔百巴灌木丛刚刚开花，花朵呈放射形。拉小姐和佩普跟在我后面，可到处都没有爸爸的身影。

屋前的街道上仍然空无一人。我紧紧握住门把手，仿佛地面是一片汪洋大海，松手就意味着被海水吞没。咚咚的击鼓声又开始在我的耳朵里回荡，盖过了昆虫的啾啾声和捕食昆虫的乌鸦声。

“过来！”突如其来的声音吓了我一跳，“伊莎，到这边来。”

玛莎正透过她家的百叶窗缝隙冲我招手。我顾不上关门，立刻穿过街道跑了过去，双腿抖个不停。

我刚一进门，她就立即关上屋门。“你一个人在外面干什么？”

我一口气全说了出来：“爸爸，他不在家，我到处都找不到他，而且还有血——”我伸出手。尽管我努力控制，手依然不停地抖。

“伊莎，吸气。”

玛莎用袖口擦干我的眼泪，领着我坐在椅子上。她拉直我的手，从炉子上取来一盆温水，开始用粗布擦拭我手上的污渍。后门开着，从尘土飞扬的后院吹进一股缓缓的微风。

“这不是血。”玛莎仔细端详后说道。

“什么？”

“这不是血。你看，无论我怎么擦都擦不掉它，明白了吗？”

污渍仍然鲜红刺目。

“但这是什么呢？”

玛莎耸耸肩。“我想这应该是墨汁。”

“可爸爸去哪儿了？”

这时后门出现动静，我眯起眼看到一个宽阔的背影挡住了光亮。是巴勃罗。

“不久前我看到他往集市广场去了。”他说道，“我觉得他并没有受伤，只是有些惊慌。”他的声音已经褪去了稚气，变得低沉且略带干哑。

玛莎咂咂嘴。“你怎么不早说？”

我咽了一口。“他要去哪儿？”

“我想，他听说那件事后打算去学校接你。”

“哪件事？”

“你的意思是你还不知道？”玛莎的声音尖细。

我拼命地摇摇头。

玛莎和巴勃罗同时开口了。

“也许我们应该等你爸爸回来——”

“他们发现了一具尸体——”

“巴勃罗！”玛莎急忙阻止道。

“干吗？她想知道真相。而且她早晚会知道的。”

“你只会吓坏她。”

“我不怕。”我抬起头，表示自己已经不哭了，“你可以告诉我。”

玛莎扔下那块给我擦手指的粗布。

巴勃罗犹豫了一下，然后站起来走到阴影处，说：“今天早晨有人在果园发现了一个女孩。”

玛莎误以为我沉默是因为没听懂，她轻柔地握住我的手，解释道：“他的意思是说，有人发现了一个死去的女孩，是他杀。”

所有人都不再说话，最后我强迫自己开口问道：“是谁？”

玛莎没有回答，只是看着巴勃罗。他的个头更高了。两年的时光将他的身形拉得几乎跟成年男子一样高。我不知道如果加博还活着的话，他会和我长得一样慢，还是会比我长得快。

“一个叫卡塔的女孩。卡塔·罗德里格兹。”

我茫然地盯着巴勃罗看了许久，他又说了什么我统统没听到，耳朵里都是心脏跳动的怦怦声。我用手按住额头，试图压制住心中的无数个问题。玛莎拉过我的手放在自己掌心。

“伊莎贝拉，你得休息一会儿。”

我张了张嘴刚要开口，但玛莎抬起食指制止了我。“别再说了，我知道你担心你爸爸，但他是一个聪明人，他会没事的。”

我麻木地点点头。

“总督下达命令实行宵禁，直到他们找到……直到他们查出真相。”

“宵禁？”

“我们得待在屋里。你爸爸可能躲在某处等待宵禁解除。现在如果让你离开我的视线，他肯定不会原谅我的，尤其是在发生谋杀案之后。”

我们三个人都一阵战栗。

“我要回家等爸爸。”我站起身，但玛莎用力地将我按回原位。

“你就在这儿休息。”

这个老妇人站起来，经过儿子的身旁走进花园。我注意到她在门旁边的一处低矮灌木上摘了点东西。

巴勃罗转过身看着我。他的脸庞宽宽的，但不似以前那么圆了，脸颊和下巴棱角分明，但是眼睛还是从前的深褐色。我低头看着自己的双腿，突然有些不好意思。

玛莎走进来，从水壶里倒了杯水给我。

“喝点东西吧，再把这个吃了。”她掏出两颗黑色的小浆果，“它们能帮助你入睡。”

“我不需要——”

“你受了惊吓，吃完这些可以去巴勃罗的房间睡会儿，睡醒后你爸爸就回来了。”

“他不知道我在这儿！”

“我会一直在窗边留意着他的。我的视线绝不会离开街道。”

玛莎把浆果放在桌子上，看着我拿起它们放进嘴里咀嚼。浆果又苦又涩，我的舌头一阵发麻。

我又逼着自己咽下一块面包，然后便跟着玛莎走进巴勃罗的房间，上床躺下。巴勃罗的枕头很柔软，床单散发出薰衣草的香味。过了一会儿，黑色浆果开始发挥作用，我的身体渐渐发沉，脑海中的思绪像追逐自己尾巴的狗狗，循环往复，理不出头绪。

卡塔，死了。

果园。火龙果。卢佩。

卡塔，死了。

4. 阿林塔传说

砰!

我从床上坐起来，心怦怦直跳。巴勃罗的房间里全是火光，但我感觉不到热度。

砰!

我从低矮的窗户望出去，空中到处是火花，像璀璨的红宝石点缀着夜空。

砰!

这是卢佩的生日烟花。我能闻出来——火药的味道刺激着我的鼻腔。

“硫黄。”卢佩告诉过我，“硫黄让烟花绽放。”

我躺回床上。又是三声砰响，火光将房间映成蓝色和金色。当最后一个烟花嗞嗞地燃尽时，我听到低缓而急迫的轻语隔着紧闭的房门传进来。

我听到爸爸的拐杖敲打地板的嗒嗒声，又听到他压低嗓子说话的声音，我的心脏几乎要跳出来了。

“你确定她正睡着？在外面这么吵的情况下？”

我紧紧地闭上眼睛。无论爸爸要跟玛莎说什么，他都不想让我听到，这却意味着他们要谈的也许正是我渴望知道的。我听到房门吱呀一声开了一条缝，然后又被关上。

“睡得很熟，我给她吃了些帮助睡眠的东西。”

“谢谢你，玛莎。她知道卡塔的事吗？”爸爸问。

听他们提起这个名字，我紧紧地揪住床单。

“知道了……我本来想等你回来再告诉她的，但巴勃罗告诉她了。”

爸爸叹了口气，随后是一阵含糊声，可能是巴勃罗正在低声道歉。

“她的状态还好，”玛莎安慰爸爸说道，“你去哪儿了？”

“我想去送个信，但是……”

玛莎等待着下文。我也等着。

爸爸清了清嗓子，说：“费利斯太太告诉我伊莎已经被安全送回家了，所以我加入了搜查队。”

“宵禁是怎么回事？”

“总督根本没有派人去调查——我们必须做点什么。”

“他甚至没取消他女儿的生日烟花表演！”巴勃罗愤怒地说，

“究竟是什么人才能做出这种事？”

玛莎示意巴勃罗小点儿声。“你去哪儿了？”她问爸爸。

“去了果园。我们禁止进入森林——”

“为什么不能进去？”巴勃罗打断爸爸的话，“如果是我刚刚杀了人，我知道去哪儿藏身才——”

“嘘！”玛莎斥责他，但巴勃罗提高了嗓门，声音更加干涩。

“阿多里根本不在乎卡塔的死，对不对？”

“巴勃罗！”玛莎的声音中充满了恐惧。指责总督过错是件很危险的事。但凡指责过总督的人不是发现他们莫名其妙丢失的牲畜出现在总督家的田地里，就是发现他们的饮水井里堵满了烂泥。

“这孩子说得没错，”爸爸说道，“阿多里什么都没做。我同样认为谋杀者可能已经穿过森林进入了‘遗忘之地’。”

“有什么线索吗？”玛莎问道。

爸爸压低了声音，我爬下床，耳朵紧贴着房门。“有人在尸体周围发现了一些痕迹，我觉得像是爪痕，但没有哪种狗能留下那么大的爪痕。爪痕很深，足有我的大拇指那么深。也许凶手曾经刮铲过地面来掩藏踪迹。”

我听不下去了，猛地打开门。

爸爸和玛莎一同坐在厨房的桌子旁，巴勃罗站在窗边。爸爸不稳地站了起来，那条受过伤的腿轻微地晃了晃。他满身尘土，眼睛里充满血丝，黑眼圈很明显，衬衫上红色的墨渍斑斑点点。但他人在这儿，他是安全的。

我跑向他。“爸爸，是谁干的？为什么总督不派人去寻找那个——”我强迫自己说道，“那个杀死卡塔的凶手。”

他们三人都用相同的表情注视着我，仿佛他们心知肚明，我却不明白。

我的脸颊发烫。“必须得有人做点什么！”

“够了，孩子！”

我退后一步，咽下所有的问题。爸爸从没有大喊大叫过。

“回家吧。”他生硬地说道。

我们沉默地走回几米开外的家，这种沉默跟宵禁毫无关系。

我抱着佩普进了房间，听到爸爸在外屋收拾。当他进来时，我闭起眼睛假装已经睡着，但他总能识破：

“伊莎，很抱歉冲你吼。我不应该这样的，我只是——”他叹了口气，“我只是太累了，卡塔的事我也很难过。你能理解吗？”

我的喉咙里发出一点轻微的声响。

“我想，或许我可以给你讲个故事当作道歉？”

佩普烦躁地喵呜了几声，我翻过身看向爸爸。“为什么不能告诉我究竟发生了什么事？”

“阿林塔的故事怎么样？”

这是我最喜欢的故事——卓亚岛救世主的传说——虽然卢佩总是笑话我，说我这么大还喜欢在睡觉前听故事，但我依旧喜欢听。可现在我还在生气。我又翻了个身，佩普嘶嘶地叫起来。

“好吧，”爸爸叹了口气，“那你睡吧。”

他刚想从床沿上站起身，就被我伸手拉住。“我想，听个故事也没什么坏处。”

他坐回床边开始讲故事，从他的声音中我能听出笑意。

“阿林塔是一个非常勇敢的女孩，生活在一千年前卓亚岛的中心地带。那个时候，卓亚岛与地壳并不相连，它像一艘大船在海上漂浮。没有森林边界，也没有遗忘之地，每棵树上都有鸣鸟在歌唱。

“可是有一天，从海底钻出一个喷火恶魔，它看中了这座美丽的浮岛，想占为己有。这个恶魔名叫尤特，体长如大河，炙热如太阳。它用岩石从海底堆出一根石柱，顺着石柱爬上来抓住了卓亚岛，将其固定住。岛上的居民惊恐万分。他们明白，一旦恶魔将卓亚岛变成火焰之国，他们就得离开家园。

“阿林塔伤心极了。她爱卓亚岛，爱这里的森林、海洋和鸣鸟。于是就在那天晚上，她偷偷拿走爸爸的剑，悄悄离开家去寻找尤特，它不停地晃动大地，为吞下卓亚岛做准备。阿林塔穿过瀑布走入地下，用水浸透全身以抵挡炙热的火焰，终于到达了尤特巢穴。她大声叫喊，尤特听到了，却不予理睬，继续晃动大地。

“阿林塔没有放弃。她用剑击穿岩壁，海水灌入尤特的巢穴。尤特害怕了，它虽能战胜河流，却惧怕被大海淹没。于是双方达成停战协定：如果阿林塔停手，尤特就放弃占领卓亚岛。双方都发誓会遵守这些誓言，阿林塔将剑插入岩石，这样尤特就会明白她将信守承诺。”

讲到这里，爸爸犹豫了一下。“我想今天就到这里吧。”

“但你总说故事得有结尾，哪怕它的结局并不圆满。”我说道，尽管这个故事我已经听过无数遍了，甚至能够复述出爸爸说的每一个字。

于是他讲得飞快，吐字也很模糊。

“尤特虽然懒惰，却好面子。它不想让岛上的居民知道自己败在一个小女孩的手中，可受千年誓言约束的它又无法摧毁这座岛屿。于是，它派出火狗，不断地在隧道中追赶阿林塔，最终她迷失了方向。

“阿林塔的爸爸找遍了每条隧道，终究也没有见到她的身影。有人说她化身成了河流，也有人说她一直都在地下，她的灵魂时刻监督着尤特履行承诺。不管怎样，阿林塔都在守护着卓亚岛，献出了一份比火魔更强大的礼物。”

5. 争吵

“早上好，小家伙。”爸爸的声音很温柔，“抱歉把你叫醒，感觉怎么样？”

万千忧虑压在心头说不出口，我回答道：“还不错。”

佩普跳下床，我也坐起身。

“今天我会与几个村民挨家挨户去打听情况，”爸爸说道，“看看是否有人看到过什么。”

“宵禁还没结束吧？”

“有些事必须得有人去做，别担心。”他赶紧安慰我，伸手抚平我紧皱的眉头，“昨天我们不就没被抓走吗？如果有事，你可以从窗口向玛莎求助。记得锁好门。”

一想到爸爸马上要离开，我心里一阵害怕。但是爸爸说得对，卡塔需要公道，而且有佩普和拉小姐陪着我，我不会孤单。

在爸爸出发前，我帮他把腿清理干净，用布紧紧地裹好。旧伤疤凹凸不平，从膝盖延伸到脚踝，就像是红色的静脉。他在埃及往开动的船上跳时，甚至不知道船会开往何方。“我们所知道的，就是我们会越过地平线，从此不再回来。”他曾指着最古老的地图解释道。可怕的野兽居住在东部沿海地区：带爪的巨型虎纹鳞片鱼，长有獠牙的独眼大象，尖牙锋利如玻璃。对古老的制图师来说，这些怪兽远没有“未知”这两个字可怕。

我以前总认为这种理论很奇怪——宁愿喜欢怪物，也不喜欢未知——但现在我懂了。凶手逍遥法外，名字和长相均是未知，这比凶手是个长有四个脑袋，牙齿长如刀的怪物更让人忐忑不安。爸爸离开时，我比平时更紧地拥抱住他。

“你会很安全的，伊莎。”他说道，“把门闩好。”

爸爸的书房里全是他四处游历带回来的宝贝。让我最着迷的不是来自欧洲的望远镜，也不是来自中国的天文图，而是那张挂在书桌上方墙壁上的地图。

那是妈妈的卓亚岛地图。早在有人被流放之前，在总督到来，甚至在爸爸的祖辈从非洲迁移来此定居之前，这张地图就已经绘制出来了。那时的卓亚岛还是一座漂浮的岛屿。爸爸说，如果阿林塔真有其人——我当然确信她是真的——她生活的卓亚岛就是妈妈地图里的样子。我抬着头凝视着这幅地图，佩普跳上我的膝头卧下来。

由于年代久远和经常使用的缘故，这块浅棕色纤维纸的边缘已经有些磨损。地图非常简单，却在奇怪的细节上下了一番工夫。按照地图上显示，很久以前格罗梅拉村就是小小的定居点了。森林围绕着的玛瑞斯玛沼泽地用蓝线标注出来。一颗蓝色星星标注为“阿林坦”，据说阿林塔就是在此处穿过瀑布下到地底去寻找尤特的。

六个村庄不规则地分布在海岸边。卡蒙特村位于最北边。地图的中心是一片空白，但是将地图拿起来对着光亮，就能看到隐约的线条，很像树叶的脉络。

我不知道卓亚岛的其他地方如今是什么模样。也许已经杂草丛生？总督来到小岛后流放的那些人现在生活如何？其他村庄的居民现在又过得怎样？据我们所知，卓亚岛的其他地方可能已经完全荒芜了。

我挠挠佩普的耳后，然后从一堆用过的纸中抽出一张铺在面前，这些纸是爸爸特意留给我用的。自从加博过世后，爸爸一直在教我绘图。显然起初他想借此转移我的注意力，但现在我已经爱上了绘图。我将一支羽毛笔插进蓝墨水瓶里蘸了蘸——旁边的那瓶红墨水我连看都没看——然后开始绘制我想象中的遗忘之地。

最后还是佩普动了动，跳到地上伸展身体，我才发觉双腿已经坐麻。我活动了一下手指，端详刚刚完成一半的地图。森林的比例有些问题，但对河流弯道的处理我非常满意。

佩普喵喵直叫，现在已经过了它吃饭的时间。外面正是黄昏。我皱皱眉，黄昏好像有什么事来着，得赶紧想想……

我的胃一阵抽痛。是卢佩！

我想都没想就违背了自己对爸爸的承诺。

集市广场还如昨天般诡异，像一个被幽灵占据的村庄。乌鸦在屋顶上聒噪，不停地打架。

穿过废弃的摊位，我看到卢佩坐在圆桶上，粉红色塔夫绸长裙下面露出一截长腿。她看上去像是要去参加舞会。

卢佩朝我挥挥手。她似乎并未受到惊吓。

我拖着脚走向圆桶。

“我真担心你忘了！”卢佩说道，“幸亏咱们提前说好了，不错吧？看到烟花了吗？”

我点点头。她从圆桶上跳下来开始转圈。“周围太安静了。不是有点奇怪吗？”

“一切都很奇怪。”

“还有更奇怪的，”卢佩转了一半突然停下来说，“你猜是什么？”

“是什么？”

“我们要去旅行了！”卢佩猛地张开双臂说道。

“什么意思？”

“我说，”卢佩说道，很明显被我的语气打击到了，“爸爸、妈妈和我，我们一家要去旅行。去非洲。”

非洲？我努力消化卢佩的话。总督要离开？“什么时候？”

“很快！”卢佩心情愉悦地说道，“但你别告诉任何人，爸爸说这是个秘密。”

“只是去旅行？你们还会回来吗？”

她点点头，很多卷发从她的发髻上滑落下来。“如果不回来了，爸爸肯定会告诉我的，不是吗？”

他会吗？“你们怎么去？”

卢佩咧嘴一笑，很开心看到我震惊的样子。“乘那个去。”

她说着指向停泊在下方港口的那艘吱吱作响的船。但我无法将目光从这位朋友的脸上移开。她简直像个陌生人。

我知道卢佩生活的环境与其他人不同，这有时会让她有些自私。但她很善良，平时我不会因为她说话不经大脑就讨厌她，不愿意与她做朋友。

“你怎么了？”卢佩问道，“我以为你会为我高兴——”

“你怎么了？”我嘶哑地吼道，“卡塔走了，你怎么还能像个没事人一样？”

“她走哪儿去了？”

“你不知道？”我尖声问道，愤怒像针一样刺痛我的全身，“为什么周围一个人也没有？为什么要实行宵禁？”

“爸爸没有告诉我这些事情——”

“你爸爸忘了告诉你这些‘鸡毛蒜皮’的小事？还是太恐怖了可能会吓坏他的宝贝女儿？”

“你怎么这么刻薄？”卢佩伤心地说，她的嘴唇颤抖着。

“卡塔死了！”我喊道，声音大得吓跑了乌鸦，“就因为你命令她去果园，她被杀了！”

这些话脱口而出，深深震撼了我和卢佩。她的脸瞬间变得毫无血色，几乎与她母亲一样惨白。

“我不知道——”

“不是的，卢佩，你只是选择不去知道罢了！你不在乎自己以外的任何人、任何事。你不了解你爸爸，不了解卡塔，你什么都不知道——”

“我在乎的。我想知道的！告诉我——没人告诉我这些！”

我们从没吵过架，现在卢佩泪眼汪汪，但我毫不在意。我愤怒得发狂，好像只要我不停地说着伤害卢佩的话，自己就不会感到难过。

“正因为你让她去果园给你拿火龙果，那天晚上她就在那里碰上了坏人。因为你，她死了，再也回不来了。因为你爸爸，我们无法去寻找凶手。你爸爸只顾着为你准备烟花，什么都不及这件事重要。人人都说凶手必定藏身在森林里，可他却不让搜查队进去——”

“森——森林？”卢佩结结巴巴地问，“为什么他不让？为什么他不去呢？”

“因为他是个懦夫，是个烂人。你们全家都烂透了，他来了之后，所有的事都烂透了。”

卢佩捂着肚子大哭起来，仿佛我打了她一拳似的。我的指甲在手掌里攥出了月牙状的痕迹。我感觉自己充满了力量，愤怒驱散了恐惧。

“因为你们的到来，我妈妈死了，还有加博。就因为你爸爸禁止任何人越过森林边界，我们没办法去外面买药。现在卡塔也死了，而你们却想离开这儿。你们举家逃去非洲，却把你们制造的烂摊子留给我们。哼，好极了！”

“伊莎，我——”卢佩伸出双臂想要拥抱我，但我冲她的裙子踢了一脚。

“走开！这儿没人需要你。”

卢佩看着我，脸皱成一团，双颊上挂满泪水。紧接着，她迈开瘦长笨拙的双腿，小跑着冲回家。

我使劲儿地踢着桶发泄心中的愤怒，一不留神撞到了脚趾，疼得瘫坐在泥地上，如泄了气的皮球。满腔的愤怒蓦然消失，心中空荡荡的。我究竟干了些什么？我抱住膝盖，要是能收回刚才说过的话就好了，收回所有的话。卢佩并不知道这件事，也没有意识到……

“伊莎贝拉？”是巴勃罗，他朝我伸出手，“你还好吧？”

我紧闭着眼睛，直到确定不会再哭才睁开，然后搭上他的手。他用力一拉我，我的双脚都离开了地面。

“对不起。”他低着头望向卢佩奔去的小巷，“那是总督的女儿？”

“是的。”我抽抽鼻子说道，“上学时我们成了朋友。”

“朋友？”巴勃罗挑了挑眉毛，“看起来真不像。”

我揉揉疼痛的脚趾。“我说了些话……”

“我都听到了。她说他们要去什么地方？”

“去非洲，乘总督的船去。我——”我突然停了下来，想起卢佩让我保守秘密，可是我却说了那么糟糕的话，“我应该向她道歉。”

“不用。”巴勃罗说道，“让她冷静冷静吧，你应该回家。”

我任由他推着穿过广场，走到我们住的那条街时，我才注意到他的前臂上有块青色的淤伤。

“这是怎么弄的？”

他低头看了一眼，耸耸肩。“被马踢了一脚。这些天马很反常，山羊也是。我离开的时候，它们全都蜷缩在门口。”

“为什么？”

他再次耸耸肩。“你可别跟我妈说，不然她又得唠叨她那套先兆论。”

这是多年来我们之间最长的一次交谈。可走上斜坡时，我意识到跟他一起的时候我很容易变得沉默，仿佛流逝的时间和加博的死暂时消失了，我们回到了三人从海边回家的日子。我想跟巴勃罗聊聊这些，但他表情凝重。

走到一半时，他催促道：“我们得快点走，天要黑了。”

太阳正在落山。每家的屋檐上都栖息着乌鸦。谋杀案发生后，乌鸦的数量似乎正在成倍地增加，以替代格罗梅拉街道上消失的人群。我低着头往前走。空气中的灰尘折射出夕阳的橙色光芒，等我们走到我家的绿色屋门前时，橙色已经完全褪去，变成了深蓝色。

巴勃罗敲敲门，门打开一条缝，爸爸焦急的脸露了出来。看到是我们后，他敞开了大门。“你去哪儿了？”

“对不起，爸爸。我——”

“连个字条都不留？你知道我有多担心吗？”

“他要逃走了。”巴勃罗突然插话道，“总督。他打算乘着那艘船离开这里，将烂摊子留给我们。”

“他走了也许更好。”爸爸说道。

巴勃罗则摇摇头表示不赞同。“不能这么轻易放他离开，我们必须给他点教训——”

“不，不是现在，巴勃罗。”爸爸说着瞥了我一眼。

“您会和我一起吗？”巴勃罗继续说道。

“不会。”

“我自己不会有事的——”我开口道。

“够了，伊莎贝拉。”

我望向巴勃罗，但他一言不发地离开了，只留下石头般坚硬冷漠的背影。

6. 诡异的港口

我看着上方的天花板。有什么地方不一样了，但我不确定这种不一样是好还是坏。日出的光芒淌进房间，映得泥墙呈现出黄色。空气凝滞沉闷，仿佛一张湿热的床单黏在我身上。周围一片寂静，空气中弥漫着一股奇怪的味道，像爸爸烧焦的粥，但是比那种煳味儿更刺鼻。

佩普蹲在房间远处的角落里。我起身去抚摸它，它却往后退缩，竖起身上的毛，整条尾巴也炸开来，好像随时准备打架。

“佩普？”我轻声安抚道，但它嘶嘶地叫着跑到加博床下。我穿着睡衣走出房间。爸爸坐在桌边，揉着眼睛。他看上去疲惫极了。

“爸爸？”因为刚起床，我的嗓音有些沙哑，“佩普有些不对劲儿。它似乎很害怕，或者是在对我发脾气。”

“拉小姐也是如此。”爸爸说着将头扭向厨房。我能听到拉小姐正在笼子里焦躁地拍打翅膀。

“它总是这么暴躁。”

“不，”爸爸看起来有些心神不宁，“有什么东西让它们感到害怕。”

我环顾厨房。后门的木板缝里嵌着鸡毛，底部有抓痕，可见佩普和拉小姐都试图扒开门板跑出去。我感到一阵反胃。

“怎么回事，爸爸？”

花园里传出的咳嗽声吓了我一跳。

“是玛莎。”爸爸安抚我说，“她是过来告诉我的。”

“告诉你什么？”

他缓慢地摇了摇头。“伊莎，昨天晚上出事了。”

后门开了，玛莎走进屋，重重地坐在椅子上。她没有看我。

“我不明白。”爸爸继续说道，“但我想巴勃罗可能参与其中……他不会有事的。”他又连忙补充道，“但他、高拉兹和其他人，他们……”

“他们做了件非常愚蠢的事。”玛莎替他做了总结。

我坐在他们对面的长凳上。“什么愚蠢的事？”

“他们应该让总督离开的，”玛莎恍惚地说，“为什么仇恨总能战胜理智呢？”

“嘘，玛莎。”爸爸说道。

我的心怦怦直跳。是我的错，是我告诉巴勃罗，卢佩他们要离开的。

“他们做了什么？”

“我亲眼所见。”玛莎的声音低沉，像是自言自语，“记住我说的吧，这是一个不祥的预兆，后面肯定还会有事发生。上次见到这种预兆是在鸣鸟——”

“求你了，玛莎，”爸爸阻止道，“别说了。”

“但那的确是事实，是预兆。因为巴勃罗说那些动物跟总督无关，只有那艘船。”

“动物？船？”在我的大脑反应过来之前，我已经穿好凉鞋，颤抖着打开了门。

“伊莎贝拉，不要去！”爸爸挣扎着站起身，伸手去拿他的拐杖，但那条受伤的腿突然一软，他跌倒在地上。

我来不及等他。

前方，滚滚浓烟从港口缓缓升起。我开始飞奔。

村民们全都拥挤在海边，刚才那种刺鼻的气味混合着烟雾充斥在空气中，让我几乎无法呼吸。

燃烧的水面渐渐平息，消散开来。总督的船已变成残骸，船身漆黑，船帆化成了灰烬。

烟雾中，巴勃罗的话飘回我的脑海。“总督。他打算乘着那艘船离开这里，将烂摊子留给我们……我们必须给他点教训……”

成群的乌鸦像苍蝇般在空中盘旋。我气喘吁吁地跑到人群外围，然后手脚并用挤到人群的最前面。虽然多年来我一直梦想着有一天能站在海水里，但此时我根本顾不上享受这种感觉。一阵海浪打来，浸湿了我的睡衣，我低下头。

无数动物尸体覆盖的海面在我眼前延伸开来，布满整个港口：牛、马、鸡，还有羊……全都标着总督家的记号。他家的动物全都淹死了。乌鸦开始俯冲下来啄食。

这也是巴勃罗和他的同伴干的吗？难以置信。我的双腿发软，这时一双强壮粗糙的手伸进我的腋窝下方，将我拖出了人群。

身后传来各种声音：低吼声、大喊声、尖叫声。村民们正与总督的卫兵纠缠，卫兵的蓝色制服与村民灰棕色的衣服形成鲜明对比。我想甩掉那双拖住我的手，但它们抓得非常牢。

又是巴勃罗，他的脸有些沧桑。他扛着我跑起来，其他人也在跑。

我伸长脖子，越过巴勃罗的肩膀看过去，整个恐怖的场景尽收眼底，时间仿佛在这一刻停滞：海湾里满是动物的尸体，鲜血遍布沙滩，总督的卫兵挥舞着鞭子，将村民驱赶进囚车。

我闭上眼睛，希望自己什么也没看见，但红黑交替的画面像火一样灼烧着我的双眼。

接着是爸爸在我耳边说话，一扇门开了，爸爸摸摸我的头，我被谁抱着经过沙沙低语的地图，放在自己还没铺好的床上。

“都怪我这条该死的腿，没能追上她。”

“我得走了。他们很快会到这儿来抓我的。”

“是你们干的吗？那艘船，那些——”

“船是我们烧的，但那些动物……我们只是放出了它们，并没有将它们赶进海湾。”

“我相信你。昨晚我不得不把拉小姐关进鸡笼，将佩普锁到书房里。它们一直想往外跑。”

“我得走了。”我听到巴勃罗大步走到门口，就在他准备开门时，突然响起重重的敲门声。我坐起身。

“是谁？”我能听出爸爸的声音很紧张。

没人回答，但敲门声更大了。

“快跑！”爸爸低吼道。巴勃罗跑向后门却绊倒了凳子，与此同时前门被踹开。

一个身穿蓝色制服的总督卫兵走进屋，他身材高大，一脸伤疤，浓密的眉毛下垂，冰冷的蓝眼睛深陷。他抬起手来，鞭子在他身后挥舞。我大叫一声，巴勃罗回过身拉我躲过甩来的鞭子，只听到啪的一声巨响，鞭子打在了桌子上。

巴勃罗冲向那个卫兵，将他撞倒在地，然后夺下那人手中的鞭子扔出房间。他抡起胳膊打算下手，但爸爸拦住了他的拳头。

“快跑！”

巴勃罗迟疑了一下，然后跑向前门，门只是虚掩着，他却突然停下来，慢慢退回了屋内。这时玛莎出现了，她布满皱纹的额头上肿起一个包，双臂反扣，被另一个穿蓝色制服的人押了进来。

巴勃罗似乎放弃了反抗。刚才那个卫兵现在已经爬起身，往地上吐出一口血水，从腰间摘下手铐，巴勃罗举起手腕送到他的面前。他往巴勃罗的脸上甩去一巴掌，但巴勃罗只是皱了皱眉。

玛莎一被松开，就立刻开始乞求卫兵：“您大人有大量，他还是个孩子！”

“闭嘴！”

玛莎咬着手指，无助地摇头。这个卫兵又拿出另一副手铐。

“她什么都不知道——”巴勃罗喊道。

“我只是奉命行事。”

第三个卫兵正将爸爸的手反扣起来。

“他当时也不在场。”我跑过去阻止道，“他在家，跟我在一起——”

“我不能留我女儿一个人在家。”爸爸反抗着，可没有人听。

“求求你们，”我抽泣着，“别带走爸爸，他什么也没做。求求你们——”

那个人将胳膊收到身后，爸爸喊道：“伊莎贝拉，别——”

卫兵们粗鲁地把爸爸和巴勃罗推出门，我害怕地往后退。押着巴勃罗的两个卫兵警惕地盯着他，但我知道他是不会逃走的。他绝不会在母亲有危险时逃走。

我浑身无法动弹，舌头也像打了结。我不能让他们带走爸爸，但又不知道该如何阻止。卫兵将爸爸和巴勃罗赶进囚车，爸爸眉头紧蹙，艰难地爬上台阶。我跑回屋内找到靠在墙边的拐杖，拿起来送到囚车旁，透过栅栏的缝隙递到爸爸的手上。

但那个手持皮鞭、眼神冰冷的卫兵看见了。他一把夺过爸爸手中的拐杖，用膝盖把它折断。咔嚓一声，拐杖断裂成几截掉到地上。囚车沿着陡坡扬尘而去，我跪在地上，将断裂的拐杖收到一起。

我不知所措。屋内充斥着船烧焦的气味。我抱着断裂的拐杖坐在床上痛哭，哭得声嘶力竭，浑身酸痛，眼睛肿胀。我觉得内心一片空寂。我就这么坐着，直到书房里佩普凄惨的叫声将我的意识拉回来。

佩普已经恢复正常，在我的小腿上蹭来蹭去。拉小姐似乎也平静下来了。我打开鸡笼时它还开始啄我的手。我给它们喂好食，然后走到花园，屋内实在寂静得可怕，甚至连地图都停止了低语。

空中的烟雾尚未消散。我想象着那艘船及其船帆和桅杆倾倒下来的样子，应该就像剪断翅膀的鸟儿从空中坠落吧。这就是总督会如此愤怒，命人将港口的村民全部逮捕的原因，也是他们带走巴勃罗、玛莎和爸爸的原因。对总督来说，一个死去的女孩远不及他的船重要。

佩普也出来了，我看着它追赶苍蝇，直到肚子饿得咕噜噜叫。我摘了个橘子走进屋内。走在通向书房的过道上时，我注意到前门板上有什么东西在飘动，这个东西刚好卡在门板破损的缝隙中。

是一张纸条，内容很简短，而且明显写得很匆忙——字迹模糊，因为有人未等墨水风干就将纸条折叠了起来，墨汁晕到了一起，上面的字就像鬼画符。当我辨认出卢佩端正的字迹时，我的喉咙像堵了东西一样难受。

伊莎：

我希望你能看到这张纸条。我会向你证明阿多里家的人并非都是胆小鬼。我会向你证明我没那么烂。

我要穿过森林找到杀死卡塔的凶手。也许等我回来后，我们还能做朋友。

爱你的卢佩

XXXXXX

另外：看看花盆底下，有样东西请帮我保管。

我四处寻找，都没看到卢佩的影子。

她不可能这么快就跑得无影无踪了。我低头查看地面，一行蹄印向森林的方向而去。看来总督家的牲畜没有全部淹死在海里。卢佩骑了一匹马。

一个微弱的嗡嗡声在我耳边响起，渐渐盖过了其他的嘈杂声——远方大海的呢喃，屋顶上方乌鸦的聒噪，我自己急促的喘息。她走多远了？我已经在花园待了几个小时，耗完了整个下午。

当我打开门抬起花盆，从底下捡起一条沉甸甸的链子时，我的手开始颤抖。那是卢佩的吊坠项链。

现在，我耳中轰鸣阵阵。

我会向你证明我没那么烂。

这件事因我而起。现在必须由我去解决。

7. 独闯总督府

我尽量将破损的门关好，平稳地走过地面。各种问题杂乱如麻，我试着从中梳理出头绪，找到一个解决方法。

我必须将她追回来。为此我也需要一匹马——可是去哪里才能弄到一匹马呢，我毫无头绪。另外，如果有人看到一个女孩孤身一人靠近森林，肯定会阻止她的，尤其在发生卡塔事件之后。说不定他们已经拦下了卢佩……我深吸一口气。她不可能走很远。穿着塔夫绸长裙、爱笑的卢佩怎么可能越过森林进入遗忘之地?

佩普在我身旁踱来踱去，用脑袋蹭着我柔软的手掌。

“我该怎么办，佩普？我该怎么补救？”

它用爪子挠我的掌心，直到我伸手给它挠后背才停下来，它姜黄色的毛发飘浮在空中。我一停下来，它就用脑袋顶顶我，但我没理会，只顾着看空中飞舞的猫毛。一个念头在我心中酝酿而成，虽然并非我所愿，但也别无他法。

我站起来走进厨房，拉小姐已经在鸡笼里睡着了。我拿了把小刀回到卧室，将辫子在手上缠绕两圈后拉直头发，仰起头，用小刀开始参差不齐地割辫子。成缕成缕的头发碰上刀片立即断开。我的头皮一阵疼痛，就像有火花在上面崩开。

终于，整条剪断的辫子掉到地板上。我觉得脑袋有点轻飘飘的。然后我又修剪掉一些长发，直到自己顶着一头短发看起来像个男孩。

对面的墙角放着加博的箱子，我打开盖子，箱盖碰到墙壁，扬起一团灰尘。

我咳嗽了一声，迅速穿上加博那套褪色的棉袍和裤子，又套了件外衫。衣服短到手腕，裤子短到脚踝。它们最后一次被人穿上身到现在已经过去太长时间了。我深吸一口气，看向抛光的金属镜面。

加博对我眨眨眼，眼睛瞪得滚圆，满脸的惊讶。可下一刻他就消失了，我转过脸，心跳加速，嘴巴干涩。爸爸坏掉的拐杖静静地躺在加博床上，正发出奇异的光芒。

我挑出最长的一截用旧衣服包好。也许它以后会派上用场。我把卢佩的纸条放进口袋，戴上了吊坠项链。“卢佩，我来了！”

爸爸已经关上了书房的百叶窗。我点燃两支蜡烛，烛火驱走了黑暗。虽然此次是救援行动，但只要有机会为遗忘之地绘制地图，我就不会错过。

我拿出爸爸背包中的书，往里面塞进了各种绘图工具：墨水、羽毛笔、纸、用于标记路程的皮垫、指南针、用来修鞋和破损地图的龙血树汁液、两个装水的细颈瓶，还有爸爸从非洲买回来的武器——一把扁平的弯刀，边缘带有锯齿。

最后，我小心翼翼地从墙上取下妈妈的卓亚岛全景图，卷起来用软布包好，与那截拐杖放在一起。我拎着这个沉重的背包回到主屋。佩普正趴在长凳上。

“听着，佩普。”我跟它说话，它却翻了个身，等着我去给它挠肚皮，猫永远无法理解形势的严峻，“我得将你留在家中一段时间。但我会敞开后门，留下足够的水。你不会有事的，对吗？”

泪水刺痛了我的眼睛，但我知道佩普会照顾好自己的。两年前它还是一只流浪猫，靠捕食老鼠和乌鸦为生。佩普发现我无意给它挠肚皮，于是打了个哈欠跳下桌子，从破损的前门缝隙钻了出去。

“好吧，再见。”我轻声说道。

我将细颈瓶灌满水，又将厨房里所有的碗都装满水和食物，然后打开后门。微风吹乱了拉小姐的羽毛，它醒来后就开始啄鸡笼的插销。我正要打开鸡笼，前门响起重重的敲门声，门板脱离了铰链。又一阵敲门声，门板彻底倒在了地上。

门口站着两个男人。

“抱歉，”其中一个说道，但听不出丝毫的歉意，“我们来的时候它就这样了。”

我点点头。我还没练习过用男孩的嗓音讲话。

“孩子，你妈妈在家吗？”另一个人友善地问。

我摇了摇头。

“没事，我们不会添麻烦的。我们只是来收鸡的。”

“收鸡？”

“总督大人将要带队去搜救——”第一个人回答道。

“总督大人的公务。”另一个人打断道，“需要你们支援。”

“搜救？”

“他的女儿卢佩失踪了。”

她的名字让我的胃翻江倒海。总督发现她不见了。他要去找她。

“我家没有鸡。”我粗着嗓子说。

就在这时，拉小姐发出刺耳的尖叫。

他的同伴将我粗鲁地推到一边，那个友善的男人则充满歉意地冲我笑了笑。“这是阿多里总督的命令。等一下……”他皱起眉头看着满是地图的墙壁和桌面，“这是制图师的家？那个关在迪达洛的制图师？”

我点点头：“他是我爸爸。”

“哦。”那个人朝前门走去，我听到鸡笼门开了，拉小姐被捉住，

“你听说了吗？”

“听说什么？”

“你父亲，他——”

“可以走了。”另一个人快步从厨房走出来说道。拉小姐生气地盯着我。

“他怎么了？”我追问道，心脏怦怦直跳。

“我们会善待它的。”那个友善的男人对我说道，他轻轻拎起拉小姐，没有再理会我的问题。

“厨师可不会。”另一个人讥笑道。

“嘘！”

但我什么都听不到。我已经完全麻木了。那个卫兵究竟想要告诉我什么？

他们将我独自留在沙沙作响的房间，我想了又想。

没有收到足够的鸡，搜查队是不会出发的。

如果我能赶一群鸡送给总督，那么他肯定会带上我。

傍晚的阳光在总督玄武岩府邸的水晶玻璃上面跳动，整个建筑宛若耀眼夺目的海市蜃楼。

妈妈去世不久后，有天晚上爸爸带着我和加博坐在悬崖的峭壁边缘，遥望洒满月光的府邸。

他告诉我们，晶状体石材分两种。一种叫花岗岩，是一种浅色的岩石。就像我俩一样，它也有个孪生兄弟，是黑色的，叫辉长岩，也叫“加布博”[1]。于是，有段时间我称加博为“加布博”。可他不喜欢这个称呼。

我离总督府更近了些，背包随着我的步伐不停拍打在大腿上，我看到总督府连窗户都是闪闪发亮的——落地窗上的玻璃是用格罗梅拉村的沙子烧制成的。总督府前方角落的一个房间里全是人，声音透过一扇敞开的窗户飘过来。黑色的木门边站着两名守卫。我没想到过会有这种情况。如果他们不让我进去该怎么办？

我悄悄靠近敞开的窗户。

“我们坐在这儿简直是在浪费时间，应该立即去追！”

“这不是浪费时间，我们必须周密计划——”

“——我们如何保证您女儿的安全？”

“——疯了，谁知道她现在在哪儿——”

我从口袋里掏出卢佩写的那张纸条，撕下开头和结尾后变成：

我要穿过森林找到杀死卡塔的凶手。也许等我回来，我们还能是朋友。

爱你的卢佩

XXXXXX

[1] 辉长岩的英文为gabbro，加博的本名“加布博（Gabbro）”就源于此，“加博（Gabo）”是昵称。

我往房间偷偷瞥了一眼，里面大约有十几个穿蓝色制服的守卫,他们全部挤在一张雕刻华丽的大桌子旁,没人朝我这边看。

我毫不犹豫地把背包推进窗户，然后自己也跟着跳了进去。

8. 加入搜救队

我肯定是撞到了撑窗户的杆子，因为我一落地，窗户就猛地关上了。所有人都转身看向我，房间内突然安静得可怕，像一座幽深的墓穴。

“你是谁？”终于有人打破了沉默。

我一时不知道如何开口，只好死死地盯着地板，先匆忙爬起来。地板上铺着地毯，上面是动物和狩猎的场景。我将膝盖从飞在半空中的天鹅脖颈上移开。

“我——”

“你刚才是从窗户进来的？”另一个人问。

站在房间里面、靠近壁炉的一个男人愤怒地抬起手臂指着我，质问道：“快说，你到底是谁？”

“我肯定他是从窗户爬进来的。”

我张张嘴。

“我——我带来了这个，”我从口袋里拿出那张皱巴巴的纸条，

“这是卢佩写的。”

所有的人似乎都屏住了呼吸。

“你在开玩笑吗，小子？”一个低沉审慎的声音响起。

一瞬间我以为听到了爸爸的声音，可人群分开，我发现原来是总督。我的喉咙发紧，剧烈的心跳声传进耳朵，我相信连总督都能听见。

他坐在华丽的桌首，面前铺着纸张，黑色的面容跟屋内四周的黑暗连成一片。他站起来，我急忙低下头。就在几天前我刚刚坐过他的马车，还跟他面对面。真希望这种紧张的时刻他没心情走过来看我。

“小子，我问你，这是不是恶作剧？”

“不——不是。”

“为什么我的女儿会写信给你——”那个低沉的声音贴着我的耳边问道。我后脖颈上新剪的短发都竖立起来了。我再次将目光投向他腰间挂着的那串闪着金色和银色光芒的钥匙。“而没有写给我？我跟你说话时，要抬头看着我！”

我抬起头。多么令人煎熬的一瞬啊，我以为自己看到他的黑眼睛里闪过一缕光芒——他认出了我，但这缕光瞬间又消失了。我递出纸条。

总督仔细查看过后抬起头，眯起眼看着我。“为什么我的女儿会写信给你？”他重复了一遍。

“她是写给我妹妹伊莎贝拉的。”我想总督大概不喜欢卢佩跟一个男孩交朋友，“她们是朋友，上学时的朋友。”我决定尽可能贴近事实。

“这是她自己给你的吗？”

“不是。”我回答道，“是的，我的意思是她给我们留下了这张纸条。一发现，我就直接送过来了。”

“您肯定这不是假的？”有人不以为然地说，“为什么您女儿只告诉了这个男孩的妹妹，而没找其他人？”

“你到底是谁？”阿多里总督没有理睬那个男人，继续缓慢地问道。

“加博·里奥塞斯。我是制图师的儿子。”

阿多里总督扬扬眉。“一个爱操闲心的人。”

“有时很不识时务。”另一个人讥笑道，“现在被关在下面的迪达洛。”

其他人都笑开了。我一直盯着阿多里总督。他正低着头，谨慎地查看纸条。

“这不是假的，”他确定地说，“这至少表示我女儿是自愿离开的。值得庆幸。但我们已经在讨论上浪费了太多时间。瓦斯奎兹，还有多少可用的马匹？”

“九匹。”瓦斯奎兹回答。

“九匹？”总督咆哮道，“九匹远远不够，我女儿失踪了，我需要组建一支大型搜救队——”

“先生，”瓦斯奎兹小心翼翼地说，“这已经是我们所有的马了。其他的……都在海湾。那些都是您的马。”

阿多里像一只笼中的困兽来回踱着步，他握紧拳头，嘴里咕哝着。最后，他说：“好吧，就九人。”

“我们需要带上马。这些马还很惊慌。”我说完往后缩了缩。是那个带走爸爸的男人。“不知道那些动物受到了什么惊吓。”

巴勃罗。想到马上能见到他，我心里稍稍舒了口气。

阿多里总督一拳捶到墙上。“够了！你有什么不明白的，马奎兹？我女儿失踪了！”

我为卡塔感到心痛，她再也回不来了。

“还要带上这个男孩的父亲。”瓦斯奎兹冷静地分析道，他似乎已经习惯了总督的暴躁，“没有向导我们不能出发。我们需要找到水源，也许还得找住所。他父亲懂得如何躲避……”

我深吸一口气，脑子飞快地转动。爸爸不能去遗忘之地。他的腿受伤后就不能再骑马了。

“先生，我猜到您会说到这些。我将他的制图工具带来了。”我举起背包。

“那个瘸子？他能骑马？”马奎兹讥笑道。看到巴勃罗留在他脸上的那道丑陋的褐色伤疤，我感到很痛快。

“我们还有别的选择吗？”阿多里厉声打断他，“你难道想让我们迷失在遗忘之地？”

“我可以。”我大声说道。

“什么？”阿多里问道。

“先生，我可以做向导。”屋子里的寂静反而让我觉得勇气倍增，“先生，我比爸爸有用，我指的是他的腿行动不便。我还有一张地图，是古老的遗忘之地的全景图，是在它……”我咽下口水，怯怯地说道，“在那片地域被遗忘以前的。”

总督抬起一根手指，房间里顿时安静下来。他那如甲虫般漆黑的眼睛仍旧死死盯着我。

“你看得懂地图，小子？你能绘制地图？”

“是的，先生。我爸爸曾教过我。”

“那就证明给我看。”他打了个响指，身后一阵响动。很快，我的面前就摆好了一张小桌和一把椅子。他们把椅子推到我的膝盖后方，把纸和墨铺在我面前。“你穿过田野来的，对吧？”

“是的。”

“作为一名制图师，你应该了解星星的方位。”

这是爸爸教给我的第一件事。“星星是最古老，也是最精确的地图。它们比指南针指示的方位还要精确——毕竟它们是自上而下地鸟瞰大地。如果你能学会辨认星星的位置，你将永远不会迷路。”

“我要你绘制出从这里到广场的路线图。标明各个建筑物——比例需准确无误——和田野的边界、北方的方位、风向标，还要预估出步行和骑马分别所需的时间。开始吧，快点。”

他大步走回大桌旁，其他人都走上前围着看我绘图。他所提出的其实是对向导而非对制图师的要求。但我知道，爸爸即使身处黑暗的迪达洛也能很轻松地做到。我拿起羽毛笔，闭上眼睛，在脑海中回忆路线。头顶上是繁星点缀的夜空，星星正坚守在各自的位置。然后我睁开眼睛，开始绘制地图。

总督又开口吩咐道：“瓦斯奎兹，在我离开的这段时间你代替我行使总督之职。”

“我荣幸之至。”瓦斯奎兹有些得意。

“先生，您留下来不是更好吗？”马奎兹说道，“我觉得在如今这么不安定的情况下，瓦斯奎兹很难管理好格罗梅拉——”

“不安定的情况？”总督冷冷地说，“我们已经将惹麻烦的罪犯全部逮捕。如果还有人闹事，瓦斯奎兹只需将他们也关起来。马奎兹，你是在质疑我的判断吗？”

“我绝无此意。”马奎兹立即回答道。

“你希望我留下来？”阿多里提高了嗓门。

“我只是在表达——”

“那就别再说了，照我的吩咐去做，明白了吗？”

我猜想那个马奎兹应该点了点头，因为接下来再没有人说话或者进一步提出反对了。路线就像塔百巴灌木丛一样在我的笔下绽放：建筑物如黑色的嫩芽，边界线像树枝。我还凭记忆用虚线标出风向，它们从东南方向吹来，温柔和煦地掠过海面。

当总督的注意力回到我身上时，我刚开始绘制纵横交错的星线。“小子，你画完了吗？”

赶在图纸被抢走之前，我潦草地在角落写上估算好的时间。总督看过之后冷冷说道：“马奎兹，去把费迪南德叫来。”

一个人离开房间，总督低下头看着我。

“你会骑马吗？”

“会。”

“你能听指挥吗？知道何时该说何时不该说吗？”

我用力点点头保证自己能做到。

阿多里总督的脚跟微微后挪，眉头紧蹙。

“你多大了？”

这个问题出乎我的意料。我刚想说十三岁，可突然想到：卢佩也是十三岁。如果我说出真实的年龄，可能会让阿多里想起她，说不定他就不让我跟着了。巴勃罗十五岁，但他又高又壮，都可以视为一个成年男子了。所以年龄最好是在这两者之间。

“先生，我十四岁。”

“个子这么小，可不像十四岁。”马奎兹冷言冷语地说，但总督点点头。

“反正我也讨厌带上里奥塞斯，他上了年纪，脾气还臭，而且那条腿实在是个障碍。”他转过身说道，“就你吧。”

我简直不敢相信，对他说道：“先生，如果我给您带路，也许我的父亲可以——”

“小子，别得寸进尺。”总督的声音让我的后脊背一阵发冷，“如果你表现好，我们会照看好你的父亲。”

这时门开了，我看到那个抓走拉小姐的友善男人。

“你和费迪南德一起去把那个马童带来。你们两个可以去给马套上马鞍。”然后他转过身对卫兵说道：“看好他俩，如果他们敢轻举妄动，立即关进迪达洛。去把路易斯叫来。他跟我们一起出发。还有，费迪南德？”

“先生，还有什么吩咐？”

“别让他见到里奥塞斯。我不想他在那里惹麻烦。”

“先生！小子，过来。”

我跟着他走出房间，进入漆黑的走廊，房间内此起彼伏的声音又再度响起。我做到了。我就要去遗忘之地了。

费迪南德领着我穿过长廊。“你怎么不早说你要来这儿？还能把你顺路带过来。”

看得出来他的本意是让我放轻松，我却紧张地起了一身鸡皮疙瘩。总督府似乎永远走不到头。地板上铺着地毯，我们走在上面无声无息。

总督府里到处都是蓝色。即便天花板也蔚蓝如天空。这简直是种浪费。爸爸总是得省着使用他的海蓝色墨水，而这里用的蓝色颜料足够绘制出大型的非洲河流图了。大多数墙壁上都挂着画，全是些神情严肃的人物和船只。有很多很多的蜡烛，烛泪都流淌下来，可惜无人需要这些光。

最后，我们来到走廊的交汇处，这儿像一个岔路口。地面的正中间是一扇地板门，门上挂着一把沉重的金属锁。我使劲儿咽了咽，这里就是迪达洛的入口。

一个卫兵守在入口处。看到我们走近，他皱起眉头。

“怎么了？”

“路易斯，总督传你去客厅。”费迪南德简短地说道。

卫兵一言不发地离开了。我觉得很奇怪，他们不需要解释也没有质疑，就这么听从命令。

费迪南德从腰带上取下一把钥匙，弯腰插入门锁中，开始用力而缓慢地转动。门锁滑动，咯吱作响。

他吃力地抬起地板门，脖子上青筋暴起。门吱呀响着，然后砰的一声撞在地上，他蹙了蹙眉。一股难闻的气味从下面飘上来：是潮湿腐烂的味道。费迪南德举起手中的灯，借着昏暗的光亮，我看到一条石砌的楼梯通往无尽的黑暗。仅仅是望一眼就让我头昏目眩。

他小心谨慎地往下走，但似往下走几步才记起自己不是一个人，便转身又爬上来，从腰带上摘下手铐。

“差点忘了。”他说着举起手铐。

他将我的两只手锁在一起，又将手铐拴在墙上的铁柱上，铁柱旁边有一张粗腿的桌子。我打了个寒战。究竟有多少人在进入迪达洛之前曾被拷在这里？

我看着烛火的光圈变成一个光点，随着费迪南德越来越往下而渐渐消失。爸爸就在前面，在我脚下的某个地方。

我环顾四周，视线被桌子上方的东西吸引住。

一只巨大的蝴蝶停歇在天蓝色的墙壁上，舒展着翅膀。翅膀是流光溢彩的紫色，边缘带点黑。我以前从没见过这般大小、这种颜色的蝴蝶。我向前倾了倾，小心翼翼地移过去。

我慢慢靠近，直到感觉自己的呼吸快要吹动蝴蝶的翅膀，这才发现蝴蝶被罩在玻璃罩中，一根细针刺穿了它的心脏。

9. 向遗忘之地进发

我重重地靠在桌腿上，背对蝴蝶，直到看见巴勃罗疲惫的面孔。他的双手被反绑在背后，衣服肮脏不堪。他拖着脚走到长廊，光亮刺得他眯起了眼睛。看到我的时候，他的眼睛睁得老大，幸好在费迪南德给我松绑时他什么也没说。

我们沉默地跟着费迪南德穿过一个小庭院来到马厩，那里面拴着九匹马。我敢说这些马并不是总督惯常骑的那些。事实上我能肯定其中有一头是驴。

“你们俩别惹麻烦。我就在里面。”费迪南德指指另一扇门说道。食物的香味飘荡在空气中。“别担心，那不是你的鸡！”他又指着一对板条箱对我说，“它在那边的一个箱子里。要是不将它隔开，它会不停地啄其他的鸡。”我苦笑。拉小姐不喜欢像那样挤着，无论是不是就它一个。

“那些箱子都要带上。”费迪南德朝马的方向抬了抬下巴。

巴勃罗扬起眉毛，问：“你们要带着活鸡？”

费迪南德耸耸肩，说：“大家爱吃鲜肉。而且我也不会让它们活很久。”

他解开巴勃罗的手腕，走进那扇门里。

门关上之后，我立刻转向巴勃罗问道：“爸爸还好吗？”

“你怎么把头发剪了？”

“为了来这儿。”

他抽了抽鼻子，说：“看上去还不错。”

“我不在乎这样好不好看。爸爸怎么样了？”

他一副讳莫如深的样子。“你为什么来这儿？”

“他怎么样了？”

“他很好。高拉兹在照顾他。”

“玛莎呢？”

“还不错。”

“你确定？”

“你爸爸很好，伊莎贝拉。你更应该担心自己。”

他牵起马往庭院走去。我走到那堆板条箱前，开始寻找拉小姐。

“发生了什么事？那晚动物们——”

他转过身，眨眨眼睛说道：“那和我们没关系！”

“我知道，但你也许知道为什么……”我找不到词语来形容海湾发生的事情，而且我也不想惹他生气。我曾经认识的他是不会发脾气的。

“我不知道，”巴勃罗说道，“但迪达洛里的人们众说纷纭。他们说这事很糟糕。”

我哼了一声，说：“明显很糟糕。”

“可是，远不止如此。远不止糟糕这么简单。”他咽了一下，下颌的一块肌肉动了动，“这是个不祥的征兆，表示有东西迫使动物们逃向大海。”

他的语调像极了他的妈妈。

“你和高拉兹在外面什么也没看到吗？”

这次轮到巴勃罗哼声了。他开始给马套马鞍，动作流畅娴熟。“问题就在这儿，我们什么也没看到。总督的卫兵趁着黑暗潜过来包围了我们。我跑到悬崖边，差点掉下去。”他的脸埋在一匹红棕色马的鬃毛里，声音听起来闷闷的，“太可怕了。”

“还发生了什么事？你是怎么上船的？没人看守吗？”

他猛地抬起头说道：“那不是我的主意。大火将守卫们吸引到码头，我们奔向总督府，我几乎以为我们能成功的。”

“什么成功？”

“抓住总督。”

“抓住他？”

“过来，能搭把手吗？”

他抬起箱子，绑上马背。我费力地抱起一个，他一只手就把箱子从我怀里拎了过去，就像拿玩具一样。

“如果你们抓住了他，打算做什么？”

“总督？我不知道。”巴勃罗不自在地动了动，“所有人都很愤怒，很激动……我想他们可能会杀了他。”

“但那样于事无补。卡塔也活不过来。”

“反正她已经死了。”

“卢佩去寻找真凶了。”我说。

巴勃罗点点头，说：“我听守卫说了。我不懂你为什么要跟我们一起去。”

“这是我的错。”

“因为你说了那些话？”

“是的。”我皱皱眉头，“你觉得如果我们找到了那个凶手，会杀了他为卡塔报仇吗？”

“一定会。”他决绝的回答让我不寒而栗，“伊莎贝拉，这可不好玩。一些见过卡塔尸体的人都认为凶手绝非一人。”

我不确定是否真心想继续听下去，却又不愿表现出害怕，于是问道：“你这话是什么意思？”

“他们认为杀死卡塔的凶手是一群。我听着像是某种动物。

她的尸体很……”他犹豫了一下。

“很什么？”

“凌乱。”

我强迫自己不要眨眼。

“行了，”他耸耸肩，“如果你爸爸知道你在做什么，肯定不会原谅你的。”

“我知道。”

“我应该告诉他们真相。”他朝门口点头示意道。

我板起脸，摆出自己最凶悍的表情。“你不会的。”

“我会。”

“你不是也接替了你妈妈的工作？”

“这是两回事——”

“这是一回事，就像你顶替她在田间的工作。”

他停顿了一下，强调说：“好吧，但我是一个男人。”

“你只是一个男孩。而且女孩又怎样？女孩也可以去探险。”

“你听说过有哪个女孩去探险了？”

我的脸在黑暗中微微泛红。我只听说过一个。“阿林塔。”

“但她可不是一位成功的女英雄，不是吗？它们吃了她。”巴勃罗说道。

“什么？”

“火狗，它们最后把她吃掉了。”

“才不是，她为了保护我们而守在了那里。”

“编得可真好。”巴勃罗说道，“不管怎么说，这只是个故事。在故事里，结局可以随你决定。”

我们怒目相视，谁都不说话。巴勃罗眨眨眼，扛起箱子继续往马背上绑。突然他倒吸一口气，将一根手指放进嘴里吮吸。手指在流血。

“哎哟！这只鸡啄我！”

“是拉小姐！”我透过板条箱的缝隙看进去，它正泪眼蒙眬地盯着我。我松了一口气，笑出声来。“可以把这只箱子绑到我的马上吗？”

“你是哪匹马？”

“个头最小的那匹，我想。”

巴勃罗翻了个白眼。“你和那只鸡。”

我稍稍打开箱子的顶部，放进去一些马饲料。

巴勃罗的嘴角扬起一丝恼人的笑容。片刻后，他问道：“你觉得我们会发现什么？穿过森林后？”

遗忘之地。我想象着它的模样从梦中醒来有多少次了？

“还有更多森林。阿瑞塔拉河……”

“我知道遗忘之地是真实存在的——我只是从未想过能亲眼

见到它。”巴勃罗说道，“也许那儿也有树，有河。不过它总有点像人们编造出来的。”

我懂他的意思。流放政策施行三十年以来，这里没发生多少变化，但说起遗忘之地，人们就好像在谈论另一个国度。

“我该叫你什么？”巴勃罗说。

“什么？”

“在别人面前我怎么称呼你？伊莎贝拉可不像男孩的名字。”

“加博。”

巴勃罗的声音轻柔下来。“加博。”

厨房门砰的一声开了。“你们两个弄好了没有？”费迪南德喊道，“总督准备出发了，你们将马匹牵到前面去。”

总督和另外五个人正等在那里。阿多里夫人穿着她惯常的蓝色衣服，总督跟她吻别时，我注意到她的脸上起了疹子。我低下头，但愿她和她的丈夫一样都没那么敏锐。

总督选了匹白色的马，将剩余的马分给众人。分给我的果然是那匹个头最矮的栗色马，但对我而言还是有些高。巴勃罗举起我，粗鲁地将我扔上马背。他双手粗糙，干裂的皮肤蹭过我的手臂。

我只有过几次骑马的经历，幸运的是，我爬上马背后，这匹马几乎没反应。我骑着马开始小跑起来，拉小姐不再咕咕叫唤，我瞥了眼箱子里面，发现它已经睡着了。

我们背对着大海，穿过空旷的田野向森林进发，虽然夜幕渐渐低垂，但前方的森林仍清晰可见。我的呼吸短促而紧张。队伍离森林越来越近，风拂过森林，吹得树叶连绵起伏。我用力地深呼吸，眼前的森林越发高大而茂密。

闷热的黑夜迅速降临。我骑在马上一路颠簸，后背疼痛不已；穿着加博的靴子，我的脚有些痒。要是能换上那双轻便舒适的凉鞋就好了，我将它留在了家里，放在坏掉的门板后。

巴勃罗骑着马跟在后面。上马之后他就没再开口，而且我也不想冒险减速跟他说话。马奎兹不停地转身嘲笑我，让我别跟丢了。

我们到达了阿瑞塔拉河岸边，这条河横贯整个岛屿。我转头看向阴影中的巴勃罗，但他脸色阴沉，将目光移到别处。我也对他瞪了瞪眼。这大概就是男孩间彼此对视的方式。

接着，我们涉水而过。想到自己未曾离家这么远，想到爸爸仍身处迪达洛，我的心里一阵阵内疚，但我很快就摆脱了这种想法。

这难道不是我梦寐以求的吗？躺在爸爸背包里的卓亚岛地图，中央空着一大块。我就要看到它的模样了。爸爸虽痴迷于海那面的世界，不曾为卓亚岛费过心，但我知道他对那片空白也是深感遗憾的。现在我有机会将它绘成图，他就要看到了。一股兴奋的战栗自脊椎升起，我突然发觉马奎兹在盯着我，于是立刻换成了巴勃罗式的怒容。

自从实施了流放政策，森林边界就用高大的荆棘加固了，上面还挂满了巨大的铃铛。我们靠近边界，发现一些灌木丛有被踩踏过的痕迹，连接铃铛的绳索也被割断。堆在地上的铃铛像一座金属小山丘。

马奎兹说:“这个方向的灌木丛有被踩踏过的痕迹，我同意乔治的看法，凶手应该是被流放的人。”

总督点点头。“我们从这儿穿过去。”

但没有人动。我看着路面的痕迹，似乎曾经有一群动物从这里经过。爸爸描述过卡塔周身的爪痕。也许这又是凶手伪装痕迹的手段?

仿佛突然袭来一阵冷风，我们似乎第一次真正意识到自己为何而来，为何会身处愈发浓重的黑暗中，为何要穿过卓亚岛上被人遗忘的地域——那是一片未知之地，是在地图上都找不到的地方，是凶手的巢穴。

爸爸那把锋利的弯刀在包里沉甸甸的。我不知道自己是否有勇气拿出来用。我甚至连拿石子扔乌鸦的经历都没有。然后我又想到卡塔，还有卢佩。如果卢佩可以进入遗忘之地，我也能做到。

阿多里总督挥手示意他的人点起火把在森林里带路，用那双狡黠的黑眼睛回头看看我们，接着转身骑马继续向前。

10. 地图变样了

森林中一片寂静。我们穿行在跟马匹一般高大的灌木丛中，丝毫听不到流水的声音。火把的亮光在每件东西上都投下阴影。有两人拔出剑四处乱砍，但除了树枝没有遇到其他危险的东西，阿多里总督命令大家将火把熄灭。我的眼睛迅速适应过来，意识到躲在暗处不容易被发现，我觉得安全感倍增。

我们的路线很明确——被踩踏过的灌木丛流出白色的汁液，这是灌木丛唯一的缺口。我想象着卢佩孤独而坚定的身影。“我会向你证明我没那么烂。”

路线很明确，根本不需要我来做向导。于是我掏出指南针，借着森林中幽暗的光线辨认方向。虽然很担心卢佩，但我也没忘记终于来到遗忘之地这个事实。我会绘制出一张让爸爸引以为傲的地图。

马儿每走出一百步，我就在手中柔软的皮垫上画一道线。每当指南针上的方向发生变化，我就用爸爸教我的方法，参照星星的位置在线条的下方用箭头标出新的方位。这只是制图最基本的步骤。很明显其他人不会停下来，等我进行更精确的测量，所以绘图的时候我只能凭借记忆。在格罗梅拉村时，我和卢佩走街串巷地玩寻宝游戏时也是这么做的。

我忍不住将手放在喉咙处，隔着外衣抚摸那条吊坠项链。马奎兹眯起眼睛，我赶紧握住缰绳。也许戴着它出发不是个好主意。

有段时间大家都不说话。总督的肩膀像被架住似的，坐在马背上纹丝不动。显然，他想加快速度，但无奈周围太黑而道路又窄只得放弃。

走了几英里[1]，这些马发出低低的嘶鸣，将头甩来甩去，步伐也变得异常谨慎。总督和卫兵们踩着马镫，将马刺扎进马肚子，赶着它们往前走。我骑的马停下来不肯向前，直到巴勃罗往它的屁股上猛抽了一鞭。

又走了几英里，我们都意识到情况不太对劲儿。马奎兹终于开口了。

“这些树怎么了？”

我们停下马。周围的树木毫无生气，树叶干枯得好像蕾丝，萧瑟漆黑，交叠着挂在互相缠绕的树枝上面。我将手置于树叶后面，眯起眼睛观察，叶脉映射着我的皮肤，就像一张淡黑色的网。

---

[1] 1英里约合1.6千米。

近看，树干像极了岩石。森林仿佛石化了一样。

卓亚岛发生森林火灾并不罕见。爸爸说，树木小范围的死亡是必要的，那样树木才会长得葱郁高大，才能结出累累硕果。甚至连格罗梅拉村后面的灌木丛偶尔也会冒烟起火。

但这里呢？

这里的情况完全不同。树叶悬挂在枝干上，像彼此相连的黑色骨架。折断的灌木渗出黑色的液体，好像它们吸食的是黑暗而非水分。

一阵微风吹过我裸露的脖子，某种气味钻进我的鼻腔。那是比烟雾更刺鼻的味道……让我想起烟花表演后巴勃罗房间里弥漫的气味。

卢佩曾说这是什么？这种东西来自亚洲……

“硫黄？”阿多里总督像是自言自语般轻轻吐出这个词，不过夜晚一片死寂，我们每个人都听到了。

“小子，过来。”

我瞥了一眼巴勃罗，但他摇摇头。阿多里总督正直直地看着我。我紧张地催着马靠过去。

“你的那张地图，我是说旧地图……它是否标明了这种……变化？”

没有火把照明应该看不清背包里的东西，但那根木棍——爸爸那根断裂的拐杖——正透过包裹它的薄裙子发出微弱的亮光。我正要伸手去拿遗忘之地的旧地图时，一只肥厚的大手粗鲁地抓紧了我的手腕。

马奎兹已经跳下马，他的脸被背包中的光线照亮。“那……那是什么东西？”没等我回答，他已经将手伸进了背包。他飞快地碰了一下木棍，好像在测试烫不烫手，然后一把将木棍拽出来，旧地图和其他东西全部掉到了地上。

他举起发光的木棍，木棍的幽光投向远处，吓得其他人纷纷后退。总督跳下马，双脚重重地踏到地上。

我笨拙地单腿跨过马背，踉踉跄跄地跳下来，赶在马蹄和总督的靴子踩上去之前捡起地上的地图和工具。

我蹲在地上，心中懊恼让他们发现了那截木棍。

“嗯？这是什么东西？”马奎兹疑惑地将木棍递给阿多里总督，“为什么它会发光？”

“我不知道。”

“它是从哪儿来的？”

“是我爸爸的。”

“你爸爸又是从哪弄儿来的？”

“我不知道，”我撒谎道，“大概是祖辈传下来的。”

总督没有追问下去，而是将这跟木棍塞进自己的腰带间，与钥匙串放在一起。我伸手想拿回木头，但马奎兹拽住我的肩膀将我拉了回去，他的手指深深地抠进我的皮肤里，疼得我眼泪直打转，我只得垂下手臂。

总督看着我，有所期待。我瞪了回去。

“地图。”巴勃罗的声音不大，但还是让我吓了一跳。他已经下了马，手上拿着一堆纸。

我道了声“谢谢”，然后用颤抖的手指迅速翻寻，终于找到了那张用布包住的地图。

“好啦？”总督仍旧盯着我，“那些树怎么回事？”

查看过羊皮纸后，我失望地摇摇头。上面没有任何线索，只显示这片森林混杂着龙血树和松树。我不知道将来该怎样在我的地图上标记出这些黑色的树木。

马奎兹不耐烦地咂咂嘴，说：“这片森林到底有多大？”

我再次低下头查看皮垫上的比例，虽然不是很精确，但出入也不会很大。

“朝那个方向至少还有二十英里。”我指着西边说道，“如果我们直行的话更远。”

“还有多远能到水源？”

我的手指拂过代表瀑布的蓝星。“十二英里。”

总督点点头。“带我们去那儿。”

“树木渐渐稀疏了，”马奎兹说道，“我们快要无迹可寻了。”

“卢佩会去寻找水源。”总督示意我们去快要干涸的阿瑞塔拉河找找看。

“不会。”我在心里回答，“她没那么明智。她正在寻找凶手。”

“先生，”马奎兹试探着说道，“不如我们今晚在这里歇息，明早天一亮就出发，您看如何？我们离她应该不远了，而且她肯定也会停下休整的。”

“如果她停下休息，我们更应该马不停蹄，马奎兹，”总督厉声说道，“这样才能追上她。”

“先生，大家都累了。”马奎兹小心万分地说，“一旦遇上危险，我们也需要体力应付。”

“那就置我女儿的安危于不顾？”

“人和马休息充足后才更能保障她的安全。”马奎兹继续道，“明早我们加快速度，日落前就能找到她。”

我希望队伍别停下，但每眨一次眼睛，眼皮就重一分。

最后总督挺直后背，对所有人发话了。

“继续前进。”他的目光横扫四周，所有人噤若寒蝉，“而且我提议大伙儿加快步伐。”

我仔细地将图纸和工具收回背包，用布将地图重新包好，抬起头时，队伍已经出发，只有巴勃罗站在原地，替我拿着缰绳。

“好了吗？”

我点点头，感谢他留下来等我，我露出一丝笑意，然后伸手去接缰绳。但他却递给我一块捆扎整齐的布料，那是我的裙子。

“从你的背包里掉出来的。快点收好。”

巴勃罗把我扔上马鞍，还没等我坐稳，就牵起马往前走。

“谢——”

“要装就得装像点。”他打断我说，“你没被发现只是因为他们没心情看你。”

破晓前的几小时，四周的景色更加奇怪了。无论是玛莎和其他老人，还是爸爸的故事和妈妈的地图，均未提到过黑色的森林。这里究竟发生了什么事，使得树木的颜色尽褪？肯定不是干旱造成的，因为格罗梅拉村的小麦依然是金黄色，而没有变成灰色。

我们又前行了几小时，期间除了给马喂饲料，大家都一直沉默不语未作任何停留，而我仍旧每走一百步就在皮垫上画一条线。

每画一条线就表示我离阿林塔更近一步。靠近瀑布时，我甚至紧张起来。也许巴勃罗和爸爸认为阿林塔只是个传说，但她不断地激励着我，给我勇气。我现在正需要这样的勇气。

队伍绕过一片茂密的杂树林，我的心猛地下沉。这儿没有卢佩，也没有飞流而下的瀑布，阿瑞塔拉河已成为涓涓细流，低矮缓慢地淌过干裂的河床。

“这就是气势如虹的阿瑞塔拉河？”总督不屑地问。其他人全都下马停在原地，而我驱马继续慢慢向前。

走到另一个拐弯处，我看到有块岩石悬垂在头顶上方。一条细流顺着岩壁向下，岩石后面有块凹陷的空间，是个山洞。要是瀑布像传说中那样倾泻而下，山洞就隐在水流后看不见了。

我跳下马，膝盖震得有些疼。我把马拴在一棵树上，然后蹚进河，加博的靴子溅起淤泥，将清澈的河水搅浑，接着，我爬进了山洞。

这个山洞比我一开始想象的要深，入口处低矮狭小，可最深处是条宽敞的过道。这条通道与另外一个山洞相连，我可以在里面站直身子。黑暗中，我摸索着蹒跚向前。

令人诧异的是，洞壁干燥且温暖。我在里面的石壁上摸到一些奇怪的水平线条，仿佛岩石层层相叠。这让我想起与加博曾经玩过的游戏：我们唱着歌，彼此将手搭在对方的手上，依次快速抽走最下面的手再搭到最上面，歌曲结束时手放在最上面的人获胜。

我有些喘不过气来，对加博的思念总会不知不觉涌上心头。我不能允许自己再这样下去了。

我摸索着返回洞口，然后用手捧了些水喝。虽然没有看到爸爸故事中神奇的瀑布，但至少还有水。

我将空瓶灌满水放进背包，又将家里带的装满水的水瓶拿出来挂在腰间。爸爸常提起旅行中先饮陈水的重要性，无论喝最新鲜的水的冲动多么强烈。

总督和他的手下坐在河岸边休息。我挨着巴勃罗坐在一块大石头上。“什么情况？”我低声问道。

“我们要吃些食物补充体力。他说最多休整一小时。”

“然后呢？”

巴勃罗耸耸肩。“然后继续向前。如果我是你，我现在就睡会儿。”

尽管我们彻夜骑马赶路，现在已经天亮，但是我突然不觉得疲倦了。

总督站在稍远的地方仔细查看地面，寻找女儿的踪迹。他根本安静不下来，仿佛愤怒已经变成脚下熊熊燃烧的煤炭，灼烧着他，驱使他走来走去。内疚感突然在我的内心升腾而起。他的目光扫过来，我立刻转过脸去。

“小矮子，”马奎兹边喊边冲我打了个响指，“去找些木头回来。”

我把背包放在岩石上站起身。虽然只找到了一些小木棍，但没什么要紧的，因为巴勃罗从森林里拖回了一根大树枝，看起来像龙血树，也如其他树木般焦黑。

那群男人赞许地拍拍他的后背，但他仍旧面色阴沉。厨师迅速燃起火堆，开始用带来的鸡炖汤。走过一堆拔下来的鸡毛，我几乎要窒息了。空气中很快弥漫起鸡汤的香味，我偷偷去给拉小姐喂食，万分感激它还活着，甚至感激它啄食的声音，这让我感到了一点家的感觉。

鸡汤开始咕嘟地冒泡沸腾，我打算着手绘制地图，可突然发现放在石头上的背包不见了。是某个卫兵误拿了吗？我顺着河流望去。

背包正随着水波荡漾。我仿佛听到了剧烈的心跳声，赶忙伸手将背包从水里捞出来。我打开背包，水哗啦一声从里面流出来，我的手指按着扣环抖个不停。纸张和羽毛笔粘在一起，全部漂在背包里。我将背包底朝天翻过来，就像将网兜里不称心的猎物倒出来一样。

爸爸的星图上墨汁四处横飞，弄脏了好几张白纸。这幅星图完全变成了一堆黑红的纸糊，几乎无法辨认。如果不能交叉比对星星的位置，我就无法绘制出一幅精确的地图。但那还不是最糟的——妈妈的地图泡水后也粘在了一起。我屏住呼吸，小心翼翼地摊开来检查。让人惊讶的是，地图居然很容易就展开了。

可这不是我熟悉的地图。

森林不见了，而中心的空白区域布满了粗线，我曾对着阳光隐约看到过这些隐藏的线条。它们像蜘蛛网般纵横交错，又像迷宫通道环环相扣。事实上，我越看就越肯定这才是地图原本的样子。但是有些线条贯穿我们刚才经过的地方，可那里并没有任何道路标记。

也许这是古老的卓亚岛？地图上没有标记出村庄，除了线条，只剩很多分布在边缘的圆圈。线条的中心画着一个红色的圆圈，比其他圈都要大。这是地图上唯一的颜色。

我急忙举起地图靠近火堆，想要看得更清楚些。但粗线隐藏到纸里，像墨汁溶入水中一般消失了。

“不！”

马奎兹抬眼看向我，眉头紧皱。我绝望地盯着地图，哪怕线条已经消失殆尽，我还是拿着它左右端详。熟悉的森林和村庄再次显现，转眼间，地图恢复了原状。

尽管一切是那么匪夷所思，好像只有在爸爸的故事中才会出现,但我确信这绝非是我的幻觉。究竟是什么让地图发生了变化？

地图浸湿后，隐藏图就显现了出来，当我把它拿到火堆旁边时，它又恢复了原状。现在地图已经干了。想到这里，我摸索着拿出水瓶，往地图上倒了点水。

什么都没发生。

我反复往地图上倒水，还是什么也没发生。

“这绝非臆想，”我低声对自己打气道，“这是真的。”

“小子。”阿多里总督突然开口叫我，吓了我一跳。他猛地抬起头说道：“过来。”

巴勃罗扬扬眉毛，好像在说“快点去”。

我颤抖着走向总督。

“我以为我们能在这儿找到她。我确信她就在我们前方不远处。”他的声音低沉却危险，略微有点颤抖，“现在走哪条路？她会走哪条路？”

很显然这些话不是对我说的。我等待着他的下文，紧张地顾不上去想地图发生的变化。卢佩会跟着她骑的那匹马走。我希望她不要害怕，因为冒险的兴奋感一旦消散，恐惧就会接踵而至。一想到她身处幽暗的森林，而杀人凶手也隐匿其中，我的心就提到了嗓子眼儿。

“村庄。”总督提高音量，坚决地问，“哪个村庄离我们最近？”

我仔细查看过地图后告诉他：“格力斯村，先生。”

他点点头。“那就去格力斯村。你准备好带我们去了吗？”

“准备好了，先生。”

“你在画新地图？”

想到包里那污迹斑斑的星图和湿透的纸，我说道：“正准备动笔，先生。”

“很好。不要让我后悔带上你。”

他转过身去，我觉得这是让我离开的意思。

“什么事？”巴勃罗悄悄问道。

“我们出发去格力斯，一个村庄。”我猜测着将会有何发现。

厨师用勺子叮当地敲着锅边，喊道：“开饭啦！”

阿多里总督第一个用餐。他将面包直接浸泡在锅里，等他吃饱后，其他人才像饿狼般围着锅子狼吞虎咽起来。拉小姐就在近旁，我根本喝不下鸡汤，而且看到一个人吃饭时竟从鼻孔里喷出食物后，我便彻底失去了胃口。

我走到河边，打算开始绘图。我一一摊开墨水瓶、羽毛笔和测量工具，爸爸的声音在我耳边响起：

“诀窍就是不知道的地方先空着。任何人都能轻易画出自己到过的地方——只有制图师能将这些地方与他的目的地连接起来。”

我小心翼翼地将背包靠在旁边的岩石上，选出一张最干燥的白纸铺在地上，用石头压住四个角，然后从加博裤子的口袋里掏出做好记号的皮垫，把它放在其他东西的旁边。

绘制前我环顾四周的树木，它们在清晨的微光中投下一片片阴影。我尽量试着不去想有东西在身后盯着我，然后深吸一口气，将羽毛笔的笔尖放在外衣上擦干，蘸了点墨汁，开始动手绘制新的小岛图。它不会再被人们遗忘。

11. 神秘的 X

查阅过妈妈的地图之后，我带领大家往西北方向的格力斯村前进。希望卢佩与总督想的一样——离开森林，走回海岸。

“可别让我们迷了路，小矮子。”马奎兹讥讽道。正在带路的我不禁颤抖了一下。

瀑布下方的岩石被水流冲蚀出一条天然小路，两边树木稀疏，马匹刚好可以通过，我们便踩着石头继续前行。接下来的几个小时简直让人窒息。右侧峭立的岩壁是灰色的，左侧高耸的树林也是灰色的，就连天空也异常浑浊，整个世界仿佛蒙上了一层厚重的灰烬。

森林逐渐消失，我们终于来到一片宽阔的鹅卵石海滩，展现在眼前的是波光粼粼的大海。走出森林后让人宽心不少，同时这也意味着我们只需要和森林保持距离，提防来自这一区域的危险。

沿着蜿蜒的海岸更容易测量距离。慢慢从一数到一百完全不费脑力，我的思绪渐渐飘向远方，有时想到爸爸，但更多的会想到卡塔和卢佩。海滩在阳光的照耀下闪闪发光，马儿们习惯了地面的变化，马蹄声也变得很轻快。

水天相交的海面上暴风雨肆虐，但是太远了，我们听不到轰隆隆的雷声，只能看到翻滚的云层和横飞的闪电。我不禁想起那场暴风雨，那场摧毁了曾曾祖父里奥塞斯的大船的暴风雨，不知道他当初是否正好航行到那片波涛汹涌的海域。

尽管各个海域彼此相连，同是大海的一部分，但这里的海域似乎有所不同。正是爸爸这样的制图师们在地图上为其划出边界并命名，探险家和商人才能轻易地辨识出路线。总督也曾为卓亚岛做过标记。

距地图显示的格力斯村所在地大约还有四分之一的路程时，阿多里总督示意我们停下来。

“大家注意警戒。马奎兹，你上前跟我一起。”

马奎兹骑马从我身旁经过，咬牙挤出几个字，说：“别挡道。”

“我们慢速前进，然后猛攻。”阿多里总督继续部署道，“如若遇到任何人——只要不是我女儿——我们都要占领先机，让他们不战而逃。没有我的命令，任何人不能下马。如果跟队伍走散了，就顺着这条山脊向回走，在河边待命。明白了吗？”

卫兵们都点点头。巴勃罗的表情严肃，手中紧握他的小刀。总督示意我们继续前行。我夹了夹脚后跟。马发出呼哧呼哧的喘息，向前走去。

马儿开始慢跑起来。队伍前方出现一面拱门塌陷的墙壁，这表示我们快到村庄了。阿多里总督一脚将马刺踢入马的侧身。我听到鞭子抽打马身的脆响，这准是马奎兹干的。

我轻轻甩了甩缰绳，紧接着像巴勃罗说的那样身体前倾，屁股略微离开马鞍。马儿开始飞奔，卫兵叫嚷着向前冲，我觉得全身的血液都奔涌起来。当我们穿过拱门，看到眼前的一切时，我的嗓子猛地收紧，发不出任何声音。

村庄已经面目全非。

只剩下断瓦残垣、坍塌的泥墙和破败的街道。在一扇门前，我看到一副惨白的骨架，是成年人的，在阳光下有些反光，手臂和手指拼命地伸向旁边一具较小的骨骸。我努力将骨骸想象成别的东西，手臂像灌了铅般无比沉重。一个阴影落在我的脖子上，但我身后除了巴勃罗没别人。

总督猛地拽住马，熟练地跳下来。这个村庄已经变成一片废墟，一眼望去，除了我们显然没有其他人。村庄后面传来大海的低语，卫兵们制服上的蓝色是附近唯一的色彩，他们的靴子和马蹄踩得满地的骨头和土块咯吱作响，但我小心地避免踩踏任何东西。

我们牵着马走到这个村庄昔日的广场，那里类似于格罗梅拉的集市广场。刚走到广场中央，一个声音突然响起。

“停！”

我们转身望向巴勃罗，他依然坐在马背上。

他指着地面，说：“看！”

跟随他的目光，我们看到一条粗粗的黑线穿过脚下。我环顾周围，看到另一条线在总督所站的位置与这条线相交，两条线形成一个X形将广场划分开。X记号周围散落着白色种子。

意识到形成X记号的黑线其实是凝固的血液，我惊恐地踉跄后退。卫兵们尖叫着牵起马，飞快地从X记号上离开，并且努力蹭掉脚下的尘土。但这还不是最糟糕的。那些苍白的东西根本不是种子。

那些是牙齿。

总督走上前捡起一颗，放在戴着手套的掌心仔细查看。大家安静下来。

巴勃罗下了马，站到我身旁。他离我很近，近到我能闻到他身上淡淡的薰衣草香，那是玛莎洗衣服时留下的。我等待着总督的结论，抬头望向天空，灰色依然浑浊不散。

最终，他说道：“这些不是人类的牙齿。至少我从未见过这样的人类牙齿。”

他伸手招呼马奎兹过去。二人仔细端详牙齿后，马奎兹接过来点点头。

“而且太沉了。”他赞同道。

其他人传看了牙齿。我没戴手套，不想直接用手摸，便看了一眼乔治手上的牙齿。它的形状像狗牙，但比狗牙锋利，锯齿边深且不规则，牙根漆黑，好像有牙龈恶疾。我不自觉地咽了咽唾沫，然后移开视线。

“这里到底发生了什么？”马奎兹自言自语道。

我环顾四周。根据地上的瓦砾和骨头来看，村庄已被毁多年，村民也惨遭灭亡。但是这么长的时间内为何 X 记号不曾受到丝毫破坏呢？要是在格罗梅拉村，成群的乌鸦早就将这里破坏殆尽了。

我突然想到了什么，视线扫过残存的屋顶和远处的森林，终于意识到从进入遗忘之地以来我没有见到过一只乌鸦，甚至没有见到过任何动物——无论是潜伏在森林中的狼，还是爸爸口中岛上曾泛滥的鹿和野猪——它们的踪迹全都不见了。乌鸦如鸣鸟一般消失了。

“巴勃罗——”我转过身，正巧看到他身后远处有东西在移动。我定睛看了看，希望是自己眼花看错了某个影子。但那东西又动了动，这次是往马的方向。它与身后黑色的悬崖几乎混为一体，正贴着地面缓慢滚动。

恐惧席卷全身，我的脚像突然被切断的绳子一样迅速跑起来。

“在那边！”

总督的卫兵迅速反应过来，背对背围成一圈站在X标记的中心，手持武器严阵以待。有一会儿什么动静也没有，然后它们突然如潮水般从森林里涌过来。

我们瞬间被包围，坍塌的墙体和阴影阻挡了我的视线。

“保护总督！”马奎兹大喊道。

我快速伸进背包握住了爸爸那把弯刀的刀柄，然后拔出弯刀，将背包扔在地上。

一切发生得太快了。我只来得及瞥了一眼，看到那是个深灰色的东西，紧接着身体就向后被抛了出去，然后狠狠跌落在地上。

周围一片骚乱。总督扯着嗓子发号施令，笼子里的鸡声嘶力竭地尖叫，想要逃出挂在厨师马鞍上的鸡笼。马在嘶鸣，眼中笼罩着恐惧，我看到它们的眼珠转动时闪现的亮光。

我的胳膊和双腿都动弹不得，指甲戳进了脖子。我想转身逃跑，但那东西没有放过我，而是死死按住我的头，头皮被地上的牙齿硌得钻心地疼。

身后有个声音在喊我——喊的不是加博的名字，而是我的——

下一刻，那个东西就被巴勃罗扔出去。他手中举着一扇破门，正要往袭击马奎兹的那个黑影身上砸。

又一个东西跳到我的身上，用它的尾巴——或者是藤蔓——缠住了我的脖子。我扭动身体，拿着弯刀一通乱砍，砍在将藤蔓越拉越紧的爪子——不，是手——上面。我不断地挣扎，抓住了一根缠绕在袭击者手腕上像藤蔓又像线的东西。我扯断了它，收回弯刀。

握着弯刀左右乱砍的感觉是可怕的。我胸口的压力骤然消失，嘴里泛起血腥味，但这不是我的血。

我坐直身体，准备站起来，这时看到一串暗红色的印迹穿过广场——袭击者逃走了。巴勃罗弓身喘着粗气。总督在地上擦着他的刀。马奎兹一只眼睛泛肿，身上的衣服被扯碎成长条。

袭击骤然结束，正如开始般毫无征兆。我耳边的回响慢慢消失，吊坠仍紧紧贴在胸膛。

“有没有损失，马奎兹？”阿多里总督问道。

“都在，总督大人。”

厨师的马不见了，他站在断掉的缰绳边，扯着嗓子大喊道：“我的鸡啊，我的鸡啊，我的那些鸡啊！”

心中一沉，我赶忙环顾四周。我的马已经消失得无影无踪，拉小姐的笼子也不见了。

“他们是谁？”马奎兹往地上吐了口痰问道，“流放者吗？”

总督环顾村庄，想找出一些线索。“我们能否确定他们是人而非动物？”

“他们冲过来的速度实在太快了。”厨师瞪大眼睛说道。

“他们有前肢。”阿多里总督沉思着自言自语道，“他们为什么要撤退呢？”

巴勃罗向我伸出手，我刚要握住，突然有个东西从握紧的拳头中掉了出来。我低头看去，顿时觉得大脑一片空白。

“伊莎贝拉，你还好吗？”巴勃罗轻声问道，但我顾不上看他，只顾盯着掉在地上的东西，盯着到处是血迹和牙齿的肮脏地面，我的嗓子似乎被堵住般难受。

“那是什么？”巴勃罗说着蹲下身子捡起来。

在他宽大的手掌里，躺着一条细长的手链，手链被我扯断的地方有些毛糙。一根金线夹杂在丝线之中闪闪发亮。

“这是卢佩的。”

“什么？”

“这是卢佩的，”我重复道，“这是我送她的生日礼物。”

“你确定是这条？”巴勃罗沙哑地问道。

“确定，”我说着，竭力迎上他的目光，“是我亲手做的，我还亲自戴在了她的手腕上。”

“你是怎么得来的？”

当藤蔓缠住我的脖子时，我挣扎着用指甲到处乱抓。

“小子们，该动身了。”马奎兹对我们说道。

其他人已经解开了余下的马匹。除了我和厨师的马，另一个人的也不见了。

“加博有发现。”巴勃罗说。

“什么发现？”马奎兹问。

我克制住声音中的颤抖，说：“是条手链。”

马奎兹低头看了眼。“就是这个？”

他打掉巴勃罗手上的手链，用靴子踩进土里。

“不要踩，”我大叫道，“这是卢佩的！”

“卢佩的？”总督的声音从广场那边传过来。周围鸦雀无声，甚至连破烂房屋另一头的大海似乎也沉寂下来。

“这个破玩意儿，”马奎兹说着，将手链踢给阿多里总督，“这小子觉得这是您女儿的东西。”

总督蹲在手链的旁边，沉默了许久，我甚至能听到他的呼吸。他低着头轻轻抚摸手链，金线在阳光下有些刺眼。“真的吗？”

“先生？”马奎兹说道。

“你如何确定这是她的？”总督猛地瞥向我。

“我——我妹妹给她做的。”

“伊莎贝拉？”

我克制住不眨眼。“给她做的生日礼物。”

“你是怎么得来的？”马奎兹问。

“刚好戴在袭击者的手腕上。”

总督突然站起来，命令道：“我们必须跟上他们。”

“先生，我们连他们的身份和藏身点都不清楚。”

“他们是胆小鬼，竟然抓一个孩子——”

“倘若他们是流放者，我们得避开他们。”

“他们抓走了我的女儿。”

“先生，我认为她已经——”马奎兹刚要开口。

突然，阿多里抽出刀架在马奎兹的脖子上。我吓得屏住呼吸，身旁的巴勃罗也后退了一小步。

“马奎兹，没发现尸体，所以我建议你别乱猜。”他加重语气，“我说清楚了吗？”

马奎兹点点头。阿多里转过身问道：“那么，谁还有问题？”没人说话。阿多里眼神犀利。“所有人上马。”

“先生，”巴勃罗迟疑地说道，“他们抢走了几匹马，厨师和加博的马都不见了。”

“除了制图男孩，没马的人全部返回。”阿多里总督瞥了我一眼，继续说，“我们用得着你。”

他的声音仿佛从我的头顶上方很远处传来。我把卢佩的手链放进口袋，她的吊坠沉甸甸地挂在脖子上，我隔着外衣将它按在胸前。

我说她“烂”,我绝不能让这句话成为临别遗言。说她是个“胆小鬼”，我更是大错特错。我要告诉她，她很勇敢；我要告诉她，我希望和她一样勇敢。

搜救队的人数缩减到七人。大家换下染上血渍的外衣，马奎兹向总督借了一套皇家蓝色长裤和束腰外衣穿在身上。

“现在我们该称谁是总督呢？”乔治开玩笑道，可看到阿多里阴郁的脸色，他立马没了笑声。

我们骑上余下的马匹。巴勃罗与我共骑一匹，我爬上巴勃罗身后，不好意思去搂他的腰，最后还是他抓住了我的手。

我扭头看着遍地骨骸的村庄逐渐消失在视线之外，掏出制图的材料，继续记录着走过的距离。

“你没必要现在做这个，”巴勃罗轻声说，“你应该休息。”

我没有理会。我必须这么做。羽毛笔似乎成了世上唯一靠得住的东西。

卢佩，请你一定要平安。

12. 曾曾祖父的船

“爸爸，要是港口重新开放，您想去哪儿？”

“如果，伊莎，如果港口开了，我想先去美国，这是肯定的，然后去印度。”

“为什么？”

“印度是一个有着明艳色彩的地方。粉色耀眼，蓝色让人沉醉其中。”

“听着也没那么好。”

“噢，其实非常棒！那里国土富饶，文化多彩。只是想到那些丰富的颜料就能让我心潮澎湃！我的地图定会令全世界惊羡的。印度是我无论如何也要去的地方。途经非洲时，我还会买些香料来熏染从埃及买到的纸莎草。你呢？”

“我要和您一起去印度，帮您收集各种颜料，让您绘制出能和女王相称的美丽地图。”

……

但那并非我的真心话。事实上，我想探索卓亚岛，想将岛屿中心的那块空白填满。我撒了谎。

现在，我真的来了。我环顾四周，望着风中摇曳的黑色树木和远处广阔的大海，望着这个我魂牵梦绕的地方，过去我总以为它遥远而神奇，就如印度之于爸爸。可眼下我浑身疼痛，口袋里还装着卢佩断裂的手链。幸好爸爸没来这里，他腿脚不便，无法应付长途骑行，也无法像我一样与袭击者搏斗。

但另一个细小的声音说："也许他可以。"也许是我有偏见，对自己太宽容；也许是我太自私了，自顾自地要参加这次探险；也许只是我太愚蠢。

又一个阴影投在我的脖子上，可我知道身后没有人。剪掉辫子后，我觉得脑袋轻快了不少，但也少了一层保护。我倚靠在巴勃罗的背上。

这一切肯定有某种联系，不仅是卡塔的死，海湾里那些像鸣鸟般想逃离的动物，还有变成废墟的村庄和这次遇袭。关联就藏在某处，它们像蜘蛛网般盘根错节，又彼此相连，在我的脑海中不停闪现。

时光不断流逝，周围的景色却几乎没有变化，荒废的村庄一座连着一座，直到第三天中午，世界才像变了个样子。阴霾终于消散，毒辣的太阳炙烤着我们的后背。地势逐渐升高，队伍左侧慢慢出现一处悬崖，海浪猛烈地撞击着岩石，激起的水花溅到我的脸上。风很大，将马奎兹的帽子都吹进了海中。

除了每晚命令我们休整几小时外，其余时间总督都一言不发。但是夜晚狂风怒吼，所有人都无法安睡。总督双肩耸起，我不知道他是否和我一样，也感受到了胸口的压迫和喉咙的窒息。

脖子上的吊坠沉甸甸的，除非找到卢佩，否则我不想也不能把它摘下来。午后阳光照得人有些眩晕，劲风掀动着马的鬃毛，吹得我的眼睛刺痛，直流眼泪。

我们很快穿过一片杂草丛生、荒废已久的田野，我们一定离下一个村庄很近了，幸好如此。太阳逐渐贴上地平线，我们和马匹迎着大风前行许久，早已精疲力竭。

“强劲的海风从卡蒙特村附近的冰冻圈吹来，”爸爸曾指着妈妈地图上的风向标解释说，“农作物按照风的方向生长。据说卡蒙特地势很低，可能是被气流吹弯了腰。我们都是环境的产物。我们每个人都有专属的生活地图，它印刻在我们的皮肤上，在我们走路的姿势里，甚至融入我们的成长中。”

终于，坡顶上的轮廓清晰起来，不是东倒西歪的废墟，而是井井有条的房屋。

“先生，”我犹豫地说道，“地上的痕迹在带着我们绕圈。”

“他说得对。”马奎兹说道。痕迹绕过荒废的卡蒙特村外围，然后转弯以近乎直线的方式通向斜坡，一直延伸到远处的森林。

我看着模糊不清的森林边缘。刺骨的恐惧让我浑身发冷。要是他们正在暗中观察怎么办？

“先生，我们最好停下来。”没等总督发话，马奎兹立刻接着说，“大家非常疲惫，马匹也需要休整。”

“你有什么建议？”总督厉声问道。

“我们最好先确认这个村庄是安全的，然后轮流放哨，一旦发现他们就立刻追踪。”马奎兹压低声音说着，我得竖着耳朵才能听见，“我相信我们在森林里没遇袭只是偶然。”

总督嘟囔着转向我。“小子，这些痕迹指向哪里？”

虽然妈妈的地图没有在中心区域标出任何细节，但我还是查看了一下。“玛瑞斯玛，先生。”

“指向沼泽？没有村庄了？”

“先生，地图上没有了。”

总督一拳捶在墙上，震得泥墙开裂。我往后退了退，巴勃罗朝我们跨近一步，可总督只是给我们下了指令，自己则大步走开了。

我们将马拴在饲料槽旁边，巴勃罗留下喂马，其他人则进入了这座寂静的村庄。我手握弯刀走在队伍的中间，但无任何状况发生。除了我们，这里空无一人。

卡蒙特村和我想象中完全不同。它几乎是格罗梅拉村的颠倒版，街道自下而上延伸到海岸，甚至连屋门的开合方向都与格罗梅拉村正好相反。有些房屋是巴勃罗家和我家加起来那么大，都装着黑色木门。

我拂去一扇木门上厚厚的蜘蛛网，发现上面雕刻着类似波浪的图案。我急忙擦掉其他灰尘，看到木门中央雕刻的原来是一艘扬帆起航的大船，船帆上还残留着红色的油漆。

我往后站了站，想象着这幅图的原貌。扬着红色风帆的大船在泛着白色泡沫的碧海中乘风破浪，实在是太美了。

我疯狂想念起家，想念起油漆剥落的绿色大门，想念起挂满地图的墙壁，更想念爸爸。马奎兹从旁边走过，我急忙转过身，擦了擦眼睛。

我迎着风跟他走上坡。一路上，我们又看到许多雕花木门和墙皮剥落的房屋，直到走到一处空旷区域才停下。这里像是个市集广场，只不过是弧形的，周边的房屋好似一排排观众，远处就是悬崖。这里的海风是前所未有的寒冷刺骨，我裹紧了加博的外套。

悬崖下面的海浪从远处连绵不断地奔涌过来，翻滚着拍到岩石上。爸爸说过，遥远的那边是冰冻圈，那里的熊是白色的，人鼻腔里呼出的气会冻成冰锥掉下来。

悬崖正下方是一堵由石墙围挡起来的港口，昔日停泊在此的船只全都不见了踪影。悬崖上有一条狭窄的石阶通往海湾，我不假思索就扶住雕刻出的扶手拾级而下，指关节冻得发白。一走进岩壁形成的避风口，狂野的风就被挡住了。我跳下最后三阶，落在柔软的细沙上。这里沙子白得发亮，就像格罗梅拉的沙子黑得发亮一般。

我脱掉加博的靴子，卷起裤腿。我的脚后跟已经被磨得血肉模糊，脚底也磨出了许多水泡。

我抬头望向高耸的漆黑悬崖，查看是否有人在窥视，但我怀疑卫兵们甚至都没注意到我不见了。于是，我打起精神往浅滩走去。

冰冷的海水像小虫叮咬般蜇得伤口疼，但我的脚很快就麻木了。我站在海水里，与那个禁止我们下海的人仅隔着一堵岩壁。我闭上眼睛。我想下海游泳。虽然妈妈在矿井附近的湖里教过我和加博如何游泳，但我还是不敢独自下水。

爸爸说，总督禁止游泳是为了阻止大家逃离。

“他们游不了多远。洋流变化莫测，大海充满危险——有水母、鲨鱼，还有海蛇。”

“那为什么人们离开大海后会那么伤心呢，爸爸？”

“因为大海也充满了奇迹，可以带你去世界上的任何地方。”

“世界上的任何地方。”我轻声对着吊坠说，“卢佩，你听到了吗？世界上有很多地方，我们得去看看。”

砰！一个沉闷的声音从我身后传来，刺骨的恐惧爬上脊椎，我还没来得及转身，一双手已经握住了我的腰。我被托了起来。

我绝望地拼命挣扎，一阵拳打脚踢，可仍然挣不脱钳制我的那双手，那个人带着我奔向海浪。

巴勃罗在大笑。他停在海水深及大腿根的地方，把我举在水面上。

“吸气！”

下一刻我被他扔进了海里。

身体随着起伏的海浪慢慢舒展开来，我忘记了失重的感觉，记起了加博在湖里奋力举起妈妈时得意的笑声，虽然他只是刚好让妈妈双脚离地。不过在海中与在湖里游泳是两码事。身下的水是黑色的，我想象着下面隐藏的东西，过了一会儿吓得赶紧爬上岸。

我一边摩擦手臂给身体取暖，一边盯着巴勃罗的背影，他的脑袋光溜溜的，像极了海豹。我的裤腿快晾干时，他蹚水走过来，一屁股坐到我的旁边。

仿佛重拾刚聊过的话题，他开口就说：“这里比我想象的还要奇怪。”

“我也这么觉得。”我回答道，他哼了一声。

“嗯，对，最奇怪的就是你了。”

“你知道我的意思。”我感到脸颊发烫，“不许取笑我！”

“对不起。”他真诚地道歉，“因为跟你和加博一起玩，我过去总被人嘲笑。”

“为什么？”

“因为你们比我小。他们都叫我傻子。”

“谁这么叫？”

“和我一般大的男孩。”他边说边抓起一把沙子，又让它们从指缝间漏下去，“傻子。就这么简单。”

“真没创意。”

他轻声笑了笑，说：“我也这么想。”

我侧身瞥了他一眼，问道：“这就是你不再来找我们的原因？”

巴勃罗僵住了。“对不起！加博出事时我没有赶来——”

又是那种喉咙发紧的感觉。“没关系。”

“你没事吧？面对这一切——”他微微朝我伸出手，然后停下来又放回自己的膝盖上，“你一定很害怕吧。”

“我不怕。”

“我害怕。”

又是一阵沉默。

“你觉得我们会找到她吗？”我问道，“找到卢佩。”

“一定会。”巴勃罗迅速而肯定地回答。一股暖流涌遍全身，我摸了摸口袋里的手链。

“那就好。”

我们并肩坐着，抬头看到星星在天空中发出微弱的光芒。我试着解读它们，不是像玛莎那样为了预测命运，而是像爸爸那样为了确定方位。北极星在我们的上方坚守着位置，它虽不是天空中最亮的，却是永恒不变的那一颗。爸爸总说它是顶梁柱，天空围着它运转。

“那根木头，就是会发光的那根，”巴勃罗的声音吓了我一跳，“来自你爸爸的拐杖，对不对？”

我点点头，内疚地意识到我几乎忘了它还在总督的手里。

“你真的不知道它的来历吗？它为什么会发光？”

“我不知道它为什么会发光，但知道它来自一艘船——我曾曾祖父的船。”

“一艘船？然后呢？”

“巴勃罗，”我揶揄道，“想听我给你讲个故事吗？”

“不想。”他气呼呼地躺在沙滩上，短暂的沉默之后，他说：“那就听听吧。”

我躺在他身边，眼睛望着北极星。爸爸深沉有力的声音在我耳边回响。我学着爸爸的口吻开始讲故事，在无数个月朗星稀的夜晚，他这样给我讲过很多很多次。

“木头来自我曾曾祖父船上的残骸。这艘船由一整棵奇特的树建造而成，木料和白鹭的骨头一样轻。但这还不是最稀奇的地方，指甲划过木头，残留着木屑的指甲缝会亮闪闪的。一旦锯开木头，木板也全是亮闪闪的颗粒。钉子极易入木，而且钉得多牢固都不会让木板开裂。曾曾祖父很快就做出了船的骨架，那棵树仿佛再次扎根生长，只不过换了一种形式。两个月后，‘浮月’号——漂浮的月亮——就完工了。船身两侧涂着龙血树树汁，所以夜幕降临后，船体就像灯塔里燃烧的火堆。亮光能引来鱼群，船员伸手就能捞到。但曾曾祖父的好运并没有持续很久。

“一天晚上，大风将他的船吹到了很远的地方。乌云从遥远的非洲海岸席卷而来，黑压压的一片，笼罩在他的头顶。大雨倾盆，像鞭子般抽到人身上，船在狂风暴雨中左摇右晃、上下颠簸。曾曾祖父将自己绑在桅杆上，可桅杆被吹断了。当船被推到风口浪尖时，他掉进了海里，而船没有被大浪卷入海底，而是被风暴裹挟着飞在空中，像只怪异的鸟。他慢慢下沉，感到死亡即将来临：空气不断抽离肺部，眼前直冒金星。

“可他没死。

“那截桅杆载着他漂回海面，直到暴风雨过去。一艘路过的船救了他。船员们对他的解释很是不解。他们未曾见到风暴，当然更没见到飞船。唯一的证据就是绑在他身上的那截桅杆。

“伊莎，我知道你不相信我的故事，但我确信这是真的。我相信那艘船不属于地球，至少不属于人们居住的地球。那艘船由小岛带来给他，然后又被带走。万事万物都有循环，伊莎，它们来时如何，回时也将如何。季节、流水、生命，甚至树木也不例外。虽然地图时常能发挥作用，但你无需总是依靠它的指引也能找到回去的路。现在，你相信什么呢？”

13. 遇袭

讲到最后一部分时，我本没打算那么大声，但巴勃罗并没有嘲笑我。他的手滑进了我的手心，并轻轻握住，温暖而粗糙。

“走吧，”他说，“我们该回去了。”

我捡起背包和靴子，赤脚跟在他后面踏上陡峭的石阶。风再次呼啸起来。到达石阶顶部时，我们看到其中一座大房子里亮着灯，还能听到里面传出的声音。屋外一处篝火烧得很旺，旁边的高墙恰好挡住了吹来的风。一个身影独自坐在火堆旁。

巴勃罗和我朝房子走去，可还没到门口，总督的低吼声就从火堆旁传来。

“过来，小子。”

我的心一紧。总督没有从火光中抬起头，只是指了指身旁的空位。我们朝他走去，但他用手指了指巴勃罗，说：“没叫你。”

“你没问题吗？”巴勃罗低声问。

“快点。”阿多里厉声命令道。

我微微颤抖地走向他。巴勃罗在门口停顿了一下，然后走了进去。

“去游泳了？”他抓住我的手腕，没等我回答就拉我坐下，“坐。”

在他开口前又是长时间的沉默。

“所以，这就是卡蒙特。”他举起小扁酒瓶，猛地灌下一大口，我能闻出那是蜂蜜白兰地，味道醇厚而香甜，“有人说这是流放者的家园。你认识那个女孩吗？死掉的那个。”

“她叫卡塔。”我小心翼翼地保持声音平缓，“我认识，她是我妹妹的朋友。”

“你妹妹还真是各式各样的朋友都有啊。”总督评价道。

“她有很多朋友，先生。”我的手紧紧抓住背包，指关节咔哒咔哒响。真希望巴勃罗能陪着我。

“告诉我，小子，你喜欢你的工作吗？”

“喜欢。”

“你运气不错。我父亲也是个总督，在非洲的一个小镇任职。我学习战斗技巧，协助他捍卫小镇。这就是成为总督的全部意义，真的。战斗。我父亲就是为了捍卫自己的权力而死的。”

“我很抱歉。”

“你无需抱歉。毕竟，是我杀了他。”

他的话像巨石从天而降，我尽量控制自己不逃掉。

"但我也得到了惩罚。我到了这个鬼地方，不是吗？"他干笑几声，又灌了一大口酒。现在，我想我应该说出那个问题了。

"先生，您为什么来这里？因为惩罚？"

"因为惩罚。因为救赎。在这点上没有成效。是的。我被流放到了这里。"

救赎？我不理解这个词。我犹豫了一下，接着问："被谁流放的？"

他沉默了很久，我真希望有足够的勇气去正视他的脸，好判断自己是否过于不知深浅。

"你已经问过你的问题了。"他突然说，"现在我有一个问题要问你。为什么我女儿的项链会戴在你的脖子上？"

我伸手一摸。吊坠正显眼地露在上衣外面。我紧张得能听见自己的心跳声，绞尽脑汁地想着如何回答。

"别想撒谎。"总督说。他的眼睛如煤炭般漆黑黯淡。

"这是她交给我妹妹保管的。"我最终开口道。

总督点点头，示意我继续往下说。我停顿了几秒钟，思索着该从何处讲起，最后决定从卢佩让卡塔去拿火龙果开始，一直讲到那封信为止。当然，我中间省略了自己伪装成加博的那段。

总督沉默地听着。最后他问我："你相信命运吗？"

"信。不信。也许吧。"我说道。

“小子，你到底信不信？”

“爸爸说,只有那些不愿担负自己人生责任的人才会用‘命运’这个词。”

阿多里总督轻笑，但低沉的笑声跟马奎兹的目光一样都没有温度。“你爸爸跟你讲过他的童年吗？他的成长历程是什么，以及他为什么会成为制图师？”

“讲过。”

“搞不懂为什么大人要和孩子说这种事。”他讥笑道，“这做法很软弱。这些话做临终遗言才对。”

我不知该如何回应。我没法对他解释，在我心中爸爸是最强大的人。

“您想拿回去吗？”我问道，“项链？”

他对着火堆眨眨眼，说:“项链是卢佩的。送给谁是她的自由，而且我怀疑她现在也用不上。”

她肯定能用上。他居然认为她已经死了。他错了。

我想大喊，对他说他不能放弃，但事实上，我只是咬紧嘴唇，心中暗恨自己的胆怯。

“不过，我会为她报仇的。”他的眼睛里闪着亮光，“这是总督该做的事情。”他突然大笑起来，吓得我跳起来，撞到了他的手臂。他低头看着斗篷上那块黑色的污渍，看着深色的液体从破裂的酒壶中流出并迅速蔓延。我屏住了呼吸。

“总督？”马奎兹从房子里走出来。总督转身看着他，招手示意他过来。

“接住。”阿多里总督说着把斗篷扔给我，“明天我要看到那块污渍消失。”

我接过斗篷，脚步踉跄地离开。经过马奎兹身旁时，他伸手抓住我的胳膊。

“小子，我一直盯着你呢。”

走进房子，我后背紧紧贴住内墙，仿佛刚刚从一场森林大火中逃生，所幸身上只有几处轻微烧伤。巴勃罗担忧地看着我，但我紧闭双眼，眼珠仍在飞快转动。

“你相信命运吗？”

他杀了自己的父亲。如果我以前还怀疑他是否如此残忍的话，现在已经完全确定了。我不能放松对他的警惕。还有卢佩——他认为她已经死了。我心里沉甸甸的，必须得花双倍的力气告诉自己她还活着。

“你怎么会有他的斗篷？”我猛地睁开眼睛。巴勃罗站在离我很近的地方。我的目光越过他，看向一栋只有一个房间和高大窗户的建筑。其他人都围在爸爸拐杖的碎片周围，借着木头发出的亮光打牌。没人抬头。

“伊莎，你还好吗？”

“别这么叫我，”我不耐烦地推开他说道，“我还有事。”

他皱起眉头，但我装作没看见。总督的话在我的心里掀起层层波澜。我将斗篷扔到一边。我才不会去伺候那种人。卢佩值得一个更好的父亲，而不是一个杀人犯父亲。

我想回家，地图就在我触手可得的地方，但是拉小姐不见了。我背对着巴勃罗，在角落里把背包中的东西一一摊开。星图虽然晾干了，却已破烂不堪且污迹斑斑，完全不能用了。“对不起，爸爸。”我透过高高的窗户看向外面的天空。北极星散发着光芒。如果我可以确定它的位置……

我开始画起来，从我坐的地方开始回溯这趟旅程。我按照记忆先画出海岸线、倾斜而下的地面，接着画出蜿蜒曲折的河道，然后就是漫长而平缓的海滩，一直通往格力斯村——那里有血渍和牙齿组成的X记号——同时标出了林木线[1]和通往阿林坦的路线。最后，这些线条与我们进入遗忘之地第一天时我所绘的线条交汇——那时一切都令人既兴奋又害怕。那时，我还觉得自己像阿林塔一样敢于冒险，我坐在她曾坐过的瀑布旁，心中满怀希望地相信自己一定能找到卢佩，并且看到妈妈的地图给我指出了秘密路线。

[1] 林木线：也称“林线”，是生态学、环境学和地理学上的一个概念，用来划分树木生长的区域。在该线以内的区域，树木可以正常生长；逾越该线后，树木及大部分植物会因为气候、土壤等各种原因而无法生长。

我拿出那张古老的地图，手指抚过它的表面。

“求求你，”我低声说，“变个样子吧。”

但地图只是嘲弄似的沙沙作响，和往常一样没有发生任何变化。我重新将它卷好，和我画得那张乱七八糟的新地图收在一起。新地图与爸爸绘制的相差甚远。我居然傻傻地以为自己能达到爸爸制图的水准。看着地图上的比例、风景、地标，它们跟我心目中岛屿的模样无法重叠。我只是用笔墨死板地画了出来。而爸爸的地图总是活灵活现，似乎有一种生命力，好像蕴含着很多东西，除了笔和墨，还有其他的东西在里面——一些有生命的东西。

但现在，无论将这张地图画得多好也没有什么意义了。而且我脑袋发沉，眼皮打架，没法继续修改。我将头枕在背包上，把斗篷拉到下巴周围挡住风。总督的卫兵们打着牌互相开玩笑时，我梦见了从前被杀害的父亲们，还梦见了有生命的地图，它们像我手掌中的沙子一样不断变换。

“伊莎贝拉，”巴勃罗的声音在我耳旁响起，“你能听到那个吗？”

我坐起身聆听。我能听到。一个低沉的哨声，几乎被风声盖住。我看向阴影处。

“总督在哪儿？”乔治睡眼惺忪地说。

“我们去找找。”另一个人说，听起来有些恼火。

“没说你们俩，你们会碍事。”巴勃罗和我站起身时，马奎兹阻止道。

“我能帮上忙。”巴勃罗说着抽出他的小刀。

马奎兹讥笑了一下。“你拿着那个肯定不行。带上这个。”他从腰带上拔出第二把剑。

巴勃罗接过剑，冲我摇摇头。“待在这儿。一旦知道发生了什么，我就会回来。”

我点点头。他们拔出剑，蹑手蹑脚地走了出去。大门关上了。屋内突然只剩我一人。

发光的木头仍留在桌子上，我把它塞进腰带里，然后竖起耳朵，打算听听下一声哨响，但没有哨声传来。我不知道是该松口气还是该提心吊胆。短短的几分钟被无限拉长，除了风声我什么也听不到。

这时，男人痛苦的呼喊声传来：一声低吼从喉咙中发出又戛然而止。我不禁毛骨悚然。

我抽出爸爸的弯刀。我不想坐等事情的发生，于是披上总督的黑斗篷，掩盖住木头发出的光芒，将门半推开。

门发出刺耳的嘎吱声。广袤的大地在天边化作一条弧线，空旷无人，黑色的大海在远处翻滚起伏。阿多里和我刚才围坐的火堆已经熄灭。

房子后面突然传来打斗声。我屏住呼吸，绕过屋子拐角，蹑手蹑脚地朝那边移动。下一秒，我惊恐地捂住嘴，生怕自己叫出声。

马奎兹躺在那里，眼神呆滞，没有焦距。他的双手被绑在胸前，胸口上下起伏。他还活着——但攻击他的人在哪儿？

我必须找到巴勃罗。我退回到暗处，轻手轻脚地跑开。可我的脚不知被什么绊住了，差点摔倒。

恐惧席卷我的全身。绊倒我的是总督的另一个手下，他被捆着，同样失去了知觉。

这时身后传来沙沙声，我赶紧弯腰，大脑飞快地转动。弯刀、木头灯和背包都在我身上。我可以骑马离开，沿着海岸走到山脊，然后穿过森林，这样就能到家了。

“不行。”另一个更坚决的声音说道。我应该尽快找到巴勃罗。我不能就这样离开。如果是阿林塔，她绝不会这么做。我直起身，转身向广场走去。

我闻到空气中弥漫着一股味道，像起火的船只，紧接着，我的双手就被人扭到身后。

我乱踢一通，尖叫起来，但嘴巴里被塞进一个苦涩的东西，它很快在嘴里溶化了。我嘴里变得麻木，全身血液骤冷。

浓重的烟雾笼罩着我的四肢，整个世界混沌不见。我跌入黑暗，只觉得满嘴灰尘。

14. 流放者

我浑身疼痛。身上每一处都有千斤重，一动也不能动。发光的木棍抵在我的尾椎骨上，背包压在我的身下。我抽出木棍，睁开眼。

我紧紧握住木棍，良久才稳住神。尽管脑门阵阵抽疼，我还是试着坐起来。

一张黯淡担忧的脸出现在我的视线之中。我眯起眼睛，直到目光慢慢聚焦，然后猛地闭上眼睛。震惊像冰水般贯彻我的全身。我死了，我一定是死了。

但我没感觉到死亡。我能感觉到地面，能感觉到脖子上脉搏的跳动。

我再次凝神细看。一头浓密的黑色卷发乱蓬蓬地缠成一团，垂下了几缕碎发，要是阿多里夫人看到这张脏乱不堪的脸，是绝对不会允许的。但她就在眼前。

“卢佩？”

“我知道就是你！即使你剪掉了头发。”

我用酸痛的双臂紧紧抱住她，将脸埋在她那有点霉味儿的卷发中。卢佩也紧紧地回抱住我，她太用力了，以至于我感到自己的肩膀被她勒得咯咯作响。她在颤抖，我能感觉到她凸起的脊椎骨贴着我的前臂。

“你还好吗？”我低声地问。

她跪坐下来，胡乱抹了把脸。

“你在这儿，我现在好多了。为什么你会穿着爸爸的斗篷？”

“说来话长。”

卢佩咯咯笑起来，接着换了个姿势，用下巴抵住膝盖，说道：“我猜也是。”

她的裙子沙沙作响——她仍然穿着那件粉红色的塔夫绸裙子，不过下摆已经又脏又破了。卢佩在来遗忘之地前肯定没想过要换下她的生日礼服。

“我们以为你已经死了。”我说道，控制不住声音中的惊讶。

“我原本也以为自己会死。”

“发生了什么？”

“说来话长。”她的眼神空洞，“多斯找到了我。”

“多斯？”

“从某种意义上说，她也是总督的一个女儿。她的妈妈安娜是流放者的首领——”

“流放者？”我起了一身鸡皮疙瘩。

“他们在一个村子里找到了我。村子叫格力特什么的。”

“格力斯。”她活生生地坐在这里，身穿她最好的衣服，还跟我谈论着流放者，这太不合常理了。

“卢佩，我们必须离开这里。流放者杀了卡塔。”

“不，”卢佩说道，“杀死她的是其他东西。”

我听见了自己的心跳声。“什么？”

“我们能等多斯回来吗？她解释得比我更清楚。总之，我在格力特——”

“格力斯。”

“——我的马受惊脱缰了，我根本控制不了它。它直奔大海而去，是多斯让它停了下来。我从马上摔下来，正好跌到一堆骨头上。你看到了吗？”

“是的，我见过了。那里发生了什么？”

卢佩的眼睛睁得如盘子一般大。“空气杀死了他们，多斯说。大地上升腾起某种东西，让人们无法呼吸。就像毒气。”

“毒气？”我忍不住盯着她看，“但我发现了你的手链……”

“在哪儿？”

我从口袋里拿出手链。“这是我从某个人身上扯下来的。袭击我的人。”

卢佩接过手链，她那满是泥浆的脸上现出了释然的神情。“哦，原来是你！他们只想抓那些鸡。你也看到了，动物们都跑了。”卢佩打了个寒战，“听上去真可怕。它们全跑进大海里了。”

那些鸡。这就是袭击者抓住了背着鸡笼的马匹就离开的原因。

“多斯将那些鸡全炖了。除了这只，它脾气暴躁又脏兮兮的，所以他们留给我养着。就像养宠物，你懂的。”

她指指阴影中的畜栏，我急忙走过去。不可能是它——然而的确是它：拉小姐，正暴躁地啄着地上的种子。我想抱抱它，它却拍着翅膀咕咕乱叫，用喙直啄我。显然它看到我并不像我看到它那么高兴。

“你们认识吗？”卢佩皱起眉头。

我点点头但没做解释。感觉这个故事同样说来话长。我四下查看，第一次注意到地上插了很多的树桩，树桩在我们四周围成一个圈，高耸直立，一直伸到树枝间。一个囚笼，一个被黑森林包围的囚笼。地面很柔软，不像格罗梅拉村那么坚硬且尘土飞扬，空气中弥漫着一股腐水的味道，虽然我的视野之内并没有。

我检查了背包，拿出妈妈的地图。这里一定就是玛瑞斯玛，岛屿中心的沼泽地带。我找到回格罗梅拉村的路。如果我们能逃离这个囚笼，就可以回家了。我把地图和发光的木棍小心翼翼地收进背包。

“你不会介意手链的事，对吧？我把它送给多斯，是为了感谢她将我从提比赛那手中救下。”

我皱起眉头。“提比——什么？”

卢佩打了个寒战。“我……我现在还不想聊关于它们的事。”

我无法判断自己究竟是死了还是在做梦。卢佩的话令我费解。卢佩在这里，说了一些话，可我却完全不明白。她皱眉看着我。

“伊莎贝拉，我们还是朋友吗？”

我握着她的手，说：“我们当然是。”

“你不是觉得我很烂吗？”她看上去快哭了。

我的心里满是内疚。“不。对不起，我对你说了那样的话。”

她点点头。“没关系。”

我拿起手链，重新帮她戴在手腕上。“你见到你爸爸了吗？”

“我爸爸？”卢佩紧锁着眉头问道，“他怎么会在这里？”

“我们是来救你的。你不会以为我一个人就能走到这里吧？”

“他来救我了？”卢佩歪歪头，配上一头打结的卷发，她看起来像只小鸟，“我爸爸？”

“对。我、巴勃罗，还有他的一些手下。”

卢佩的嘴唇有些颤抖。“他带了那么多人是为了找我？”

“对，”我回答道，越来越没耐心，“我们得离开这儿，然后找到他们。”

我身后的什么东西吸引了卢佩的视线。

我慢慢转过身。刚开始什么都没有。下一刻，一个女孩穿过围栏上隐藏的入口走进了这片空地，她就像是由周围的空气聚集而成的。

这个被流放的女孩走近了我们。她的动作流畅干脆，身体和深色衣服都涂满了泥浆，只有手臂上缠着的一条布带相对干净点。

我想起了在格力斯村挥刀反抗的场景，以及被阻止的感觉，感到一阵口干舌燥……那是我造成的吗？

我不敢正视她的眼睛，看她拿着个东西朝我递来，我往后缩了缩身子。

“你需要喝点水。”女孩说，猛地将一个陶罐递到我面前，“这是煮沸的水。很安全。”

我早就口舌生烟了。陶罐比我想象中更重，可从她拿陶罐的样子根本看不出来。我一饮而尽，几乎顾不上呼吸。水的味道很奇怪，像泥土。

“她说我爸爸和她一起来的，多斯。他在这儿吗？”卢佩问道。

多斯点点头。“你问题真多。”

“巴勃罗呢？”喝饱了水的我问道，“他在这儿吗？”

“我不知道他们的名字。”

“是个男孩。身材高大，像个成年人，但他穿着白色汗衫。”

“他们都穿着制服。蓝色的，金线缝制。我们将他们关在那边看守着。”她往黑暗处大致指了一下。我注意到她的重音不如我和卢佩流畅。她说话时经常卷舌，很多词带着咔哒声。

“你们打算拿他们怎么办？”卢佩问。

多斯没有回答。

我猜可能不是什么好事。

“那么没有穿白色上衣的男孩？”

“没有。”

我在心中轻轻舒了一口气。巴勃罗逃脱了。

不过多斯应该是误解了我的表情，因为她说道：“抱歉。我相信你的朋友会没事的。”

她的话听上去并不是那么令人信服。

“没事？他会有什么事呢？”我们遇到的所有危险似乎都有了解释。在格力斯村袭击我们的人显然就是这些流放者。

多斯看向卢佩。“你还没告诉她吗？有关……”

“我说了。但是我没法儿告诉她那是什么东西。”

我等着有人解释。“告诉我什么？”

“关于提比赛那。”卢佩压低声音说道。我再次想起了卡塔。

“提比赛那是什么？”

多斯深深地吸了口气，卷舌发出的爆破音更重了。“十天前它们从地下而来，不仅杀死了你们村的那个女孩，也差点杀死卢佩。我们在格力斯村发现卢佩时，她正被一只提比赛那逼得命悬一线。我们杀了它，拔下它的牙齿并留下 X 记号想吓跑它的同类。但它们这种生物没有灵魂，根本不知道害怕。”

“太可怕了。”卢佩用细小的声音说道，“那是我见过的最庞大的生物。它们口水涟涟，浑身漆黑，就像……”

“就像吸光了世间所有的光亮。”多斯补充道。

“但它们是什么东西？”我有点不耐烦地问道。

“它们是恶魔之狗。”

恶魔之狗。我的脑袋嗡嗡作响。“就像阿林塔神话中的那个？”

“它们像巨型野狼。起初我们是这么认为的。”多斯说道。

“嗯，岛上以前有狼。”我希望自己的语气能如爸爸那般沉着冷静、充满理智，假如他听闻这些的话，“它们曾生活在森林里，后来迁移到了洞穴——”

“它们跟那些狼不同。它们……它们的体型更庞大，”卢佩坚持说，“而且黑如煤灰，眼睛红得像火。”

我转向多斯寻求解释，但她只是面色凝重地点点头，说：“我妈妈说它们的主人是尤特。它们是尤特的火狗，提比赛那。它们是尤特派来清岛的。”

尽管我觉得很蠢，可我能做的只是重复她的话，希望它们从我嘴里说出来能变得合理些。“清岛？”

“在尤特占领岛屿之前。这就是动物们逃离的原因。它们最先察觉到尤特快来了。呃，在小岛发生变化之后它们最先注意到的。你一定注意到那些树木了吧？”

“是的，但是——”

“但是你能提供更好的解释？解释为何树木看起来像在吸食灰烬而非养分，水源为何干涸，动物为何逃离？”多斯的声音紧绷，像绊线[1]一触即发。

我摇摇头。“如果这是真的——”

“这就是真的。”

“你们有什么打算？”

“逃到大海那边去，就像那些动物一样。”多斯在黑暗中睁着大大的眼睛，“今天我们就出发。”

“我们要去哪儿？”卢佩快速问道。

“先去格罗梅拉村。”多斯说道，“我们要去乘船。”

“我爸爸的那艘船？”

我声音颤抖地说：“没用的。”

“什么？”

[1] 绊线：紧绷在地面上方的线，是一种“触发器”。人或猎物踩到、绊倒这条线就会触发陷阱或爆炸装置。

“那艘船——”

我还没来得及解释船已经被烧毁，一个奇怪的嗒嗒声突然响起。

这声音似乎从四面八方同时涌来，要不是多斯反应异常，这声音听上去还算悦耳，像遥远的雨滴声，又像昆虫的唧唧声。多斯站直身体与我们拉开距离，开始用舌头发出嗒嗒声。拉小姐厉声尖叫，不停地用爪子挠围栏。我抱起它，试图让它安静下来。

声音越来越大，我感觉有东西包围了空地。嗒嗒声停止了。多斯略微低下头，喊道：“妈妈。”

我眯眼看向多斯躲身的树林，起初什么也没看到，直到一个女人出现在一臂远的地方。

她和多斯一样，身材娇小却强壮，身上的黑衣沾满污泥，手里拿着一根权杖。她饱经风霜的脸上有很多皱纹，除眼睛外——她的眼中没有丝毫温柔——容貌与多斯极像。就连拉小姐在她的注视下也停止了挣扎。一个胆小的孩子只会让这种女人生气，而不是心生怜悯。于是我迎上她的目光。

她又向前迈了一步。突然几十个泥人围上来，或走进笼子，或爬上周围的树枝向下盯着我们。

卢佩僵硬地立在我的身边，我却没有将目光从多斯的妈妈身上移开。这个女人开始绕着圈打量我们，她的背部略微鼓起，走路一瘸一拐的。我看到她的右小腿上有一块深深的凹陷，就像被人挖掉了一块肉。

她开口了，吐字清晰，声若洪钟："现在又来一个。你是谁？总督的儿子？"

"他的仆人。"我回答道，希望自己听起来毫不畏惧。

"你为什么穿着他的斗篷？"

"妈妈，她是女孩。"多斯说道。

"哦，"安娜惊愕地问道，"你为什么要为一条狗服务？"她说话的语气表明这比知晓我女孩的身份更让她惊讶。

"我别无选择。"我不安地扭扭身体回答道，希望卢佩像平常一样不在意这些。

"像那些流放者一样别无选择？像那个做了这种事的人一样——"她转过身掀起上衣，卢佩发出干呕的声音，"别无选择？"

她的肩膀上全是伤疤，纵横交错，每道疤痕都略微凸起，好似盘根错节的树根遍布她的整个后背。安娜转了转肩膀，脊柱发出一声咔哒的响声，这个动作引得她旧伤附近的肌肉一阵痉挛。我抚摸着拉小姐柔软的羽毛，试着让自己平静下来。

"凡事总有选择。现在我们就来决定如何处理你的主人。"她转向卢佩，"你的父亲。"

人群分散开，一小队穿着蓝色制服的总督卫兵被胡乱推进笼子里。巴勃罗不在其中。我快速数着：一、二、三、四、五。只有五个人？我努力盯着他们的脸。有个人穿着总督的深蓝色大衣……是马奎兹，他穿的是阿多里的备用衣服。

卢佩皱起眉头看着这些人，说："我的父亲？我的父亲没——"

"卢佩！"马奎兹打断她喊道，"我的孩子。"

卢佩的嘴巴像条鱼似的一张一合，说道："我，我不——"

其他人马上心领神会。

"总督大人，"一个人说道，"这一路艰辛。我们都狼狈不堪。"

"是的，先生，"另一人匆匆接道，"您的女儿一时没认出您，请别往心里去。"

我觉得他们已经冒着风险表示得再明显不过了，但卢佩似乎仍没有弄清楚状况。

"你女儿选择不认你，我可不觉得惊讶。"安娜讥讽道，"我要是她，也会耻于有你这样的父亲。"

"马奎兹，别说了。"

阿多里总督穿过敞开的笼门走了过来。很长一段时间没人说话。我能感觉到手腕上的脉搏一直在跳个不停。

卢佩跳起来，打破了沉默。"爸爸！"

安娜哼了一声，紧握着权杖挡在了他们俩中间。

"待在原地，卢佩。"总督说道。

有人粗鲁地将卢佩推倒在我旁边的地上。她又开始抖个不停，我把拉小姐放进她的怀里。

“别让他们看出你在害怕。”我低声对她说道。她把拉小姐紧紧抱在胸前。

马奎兹挫败地耷拉下脑袋，说道：“先生，我其实很愿意——”

“马奎兹，你还没资格。”

“是你没资格称自己‘总督’。”安娜讥笑着走到他面前，重重地说出最后一个词，“我知道你为何而来。你曾有机会自赎，但你却没有做到。”

她朝总督的腿上重重踢了一脚，疼得他摔倒在地上。安娜用舌头嗒了一声，她的人就将他的双手紧紧地反绑住。

“我会偿还的。”阿多里挣扎着站起身说道，“只要你放了我女儿和她的同伴。”

安娜咯咯笑起来，却没有丝毫笑意。“我可比你仁义。我们走时会带上她们。”

“你们要离开？为什么？”

他们之间剑拔弩张，就像即将来临的暴风雨。

“你知道原因。”安娜吐了口吐沫，“因为更阴沉的黑暗来了，我们无法与其抗衡。与复仇相比，我更关心大家的安全。这才是一个真正的领导者该做的。”

流放者们全都用舌头发出嗒嗒声，周围好似响起一片掌声。

“更阴沉的黑暗，那是什么？”马奎兹扬起一条眉毛问道。

安娜盯着他，大步走过去说道：“它会抹去你脸上的蠢笑，会吞没你脚下的大地。尤特就要来了。”

他哼了声，不屑道：“那个老掉牙的故事？那个迷信？”

“迷信能将动物们驱赶到海里去？迷信能杀死人？如果我没猜错，”多斯妈妈讥讽地说道，“正是迷信将你们的总督大人带来这里的吧。”

她再次面朝总督。“现在我们得动身了。”她吹了声口哨，下令拖起囚犯。

多斯把我们带到他们旁边。安娜一转身，卢佩就紧紧拥抱住了她的爸爸。

“我们现在没时间拥抱了。”阿多里甩掉卢佩的胳膊说道，“你必须勇敢起来，卢佩。”

他将疲惫的目光转向我。“我想你身上还带着我女儿的东西吧？”

那个吊坠项链。我从脖子上摘下项链，卢佩伸手接过去。“你怎么知道伊莎贝拉戴着？”

“伊莎贝拉？”总督盯着我看了很久，“自然知道。”

秘密虽从肩头卸下，但我仍旧紧张地等待着因为欺骗了他而即将来临的惩罚。但惩罚并没有如期而至。除了他的女儿，他似乎什么也不关注。

“戴好项链，卢佩。别再拿下来了。这是我们历史的一部分，是我们家族的一部分。”

15. 返回格罗梅拉

为了阻止拉小姐乱折腾，我用总督的斗篷将它裹好，然后走入队伍。囚犯们走在队伍的中间。安娜似乎很熟悉这条路，根据星星的方位，我可以判断出我们正向南穿过玛瑞斯玛，径直向格罗梅拉村前进。

我努力不去记挂背包里未完成的地图，不去想还未曾见过的另一半岛屿，只强迫自己集中注意力关注脚下的路——每走一步就离爸爸更近一点。无论格罗梅拉有什么在等待着我们，我都会想办法将他从迪达洛救出来。

四周一片漆黑，很难判断究竟有多少流放者。至少五十个吧。他们背着布袋，用藤蔓把所有东西都捆绑在后背上。所有人都相信尤特是真的，相信在格罗梅拉的港口停着一艘船，可以带他们逃离。可如果他们见到边界上布满守卫，而且停泊在港口的那艘船已经烧焦，会有怎样的反应呢？总督的人没有告诉他们实情，虽然我不确定自己站在哪一边，但我并不想说出实情而引起他们的注意。

卢佩反常地不说话，平时我是很难让她消停的。她机械地迈着步，眼睛盯着她爸爸宽阔的后背。我用空着的一只胳膊搂住她。

“他为什么不和我说话？”她的声音低得像是在自言自语，“我……”她抽抽鼻子，紧闭双眼，“我以为事情会有所改变。”

我不知道该怎么回答她。

清澈的夜空令人难以忘怀。星星坚守着各自的星座，皎洁的月光洒在我的短发上。我们一路穿行，周围的空气似乎正在发生变化。紧张、搏动又危机四伏，我脚下的岛屿在神秘力量的牵引下微不可察地移动着。

整个晚上风都在呼啸，泥浆像手指一样裹在我的腿上。黑暗中，我们很难分辨哪里是充满危险的、沼泽似的泥浆，哪里是水，哪里又是陆地。但是我分外注意地上泛起的细小涟漪和塌陷，这意味着我们走的地方有危险。

我的脚开始疼起来。我想起了巴勃罗，他还身处在狼群潜伏的黑森林里，多斯将那些狼称为提比赛那。我又想起了卡塔。这时拉小姐抬起头啄我的下巴。

几小时之后，我们的步伐慢慢放缓，我的思绪却奇怪地有些游离。我的胃部好像在灼烧，脑海中不断闪现出各种片断：爸爸讲故事、妈妈的脸庞、加博在唱歌，画面杂乱无章却又久久不散。

"你还好吗？"看到我几乎被树根绊倒时，多斯问道。

"嗯。"我不确定这是否算回答了她。

"给。"多斯递了个东西给我和卢佩，"这是蒲公英的根，能帮你们保持清醒。"

这东西嚼在嘴里又硬又苦，但过了一会儿，我的疲倦渐渐消退了，整个世界变得清明起来。在微弱的晨光中，我眨眨眼，意识到我们正沿着一条干涸的河床前进。

我从背包里摸出地图。地图已经严重破损，像我破烂的上衣一般皱皱巴巴的，但仍然还能看清楚。在岛屿的这一边，这条河只能是阿瑞塔拉河。前面延伸开来的是最后一片沼泽。

绕过那片沼泽，我们就能到达阿林坦，然后很快就能到家。然后爸爸——

"哎哟！"我一不留神，直接撞在了前面的人身上。他赶紧示意我别出声。

阿多里转向多斯问道："出什么事了？"

这位流放之地的女孩好像冻住似的，腿部肌肉紧绷，一副随时准备起跑的状态。"难道你没听到？"

我揉着小腿仔细聆听。除了黑色树木的沙沙声，我什么也没听见。但其他流放者也和多斯一样神经紧绷，他们扫视着我们右边的树丛。成年流放者慢慢地面朝森林，抽出武器站成一排，缓慢地向森林边缘移动。拉小姐尖叫一声醒来，在斗篷里发了疯似的到处乱抓。

我紧紧地将它压在胳膊下，蒲公英根好似点燃了我的血液，随着时间的流逝，刚刚恢复的精力都变成了恐惧。几秒钟的时间似乎格外漫长，一阵寂静后，一个我闻所未闻的声音传来。

震耳欲聋的轰鸣，夹杂着坚硬金属的撞击声——我吓得牙齿直打架。巨大的咆哮声响起。这个声音朝我们呼啸而来，响彻整片森林。

我浑身起满鸡皮疙瘩，酸水直往喉咙口冒。内心的某个角落开始塌陷，渐渐分崩离析。我想跑，却无法迈开腿。

卢佩在我的旁边捂住肚子。“它们来了！”她呜咽道，“你感觉到了吗？”

“它们会让你丧失理智，”多斯说道，“提比赛那。”

“但它们不是真的。”总督说，他反捆的双手在颤抖，“不可能是真的。”

“爸爸，你知道它们？”

他没有回答卢佩的问题。多斯转身用刀割断绑住总督手腕的藤蔓。“快跑。带上她们。穿过沼泽，径直穿过去，那样会快些。沿着河，快跑。”

总督的手像老虎钳似的紧紧抓住多斯的手臂，手指抠进她的皮肤里。“我留下。”

安娜突然出现在我们身边。她一把将总督的手从多斯的胳膊上扯下来。“别碰我的女儿！”

“我想告诉她，我要留下来跟你们一起战斗。”

“爸爸？”卢佩疑惑地问道。

安娜挑起眉毛。

“这座岛也是我的。”他低吼道，“无论你喜欢与否，我都会为它而战。”

他们互相敌视着对方，就如两条狗在打架前互相转圈对视。最后，安娜从腰间抽出一把刀扔给他。

空中又响起另一声咆哮。我吓得缩了缩身体，感到心惊肉跳。

“爸爸，我们不知道回家的路怎么办？”卢佩喊道。

“我知道。”我说着拉住了她的手。

“快跑！这是命令！”

在我们身后，阿多里将马奎兹和其他人都放了出来。我本以为他们会一起逃走，但他们接过安娜递去的剑，加入了面朝森林一字排开的队伍。一些年幼的流放者已经开始奔逃。

天边泛起晨曦的微光，咆哮声第三次响起。我的胃疼得像打了结。“我们也要留下！我们能帮上忙！”

“爸爸，你不走我也不走。”卢佩恳求道，“爸爸，求你跟我们一起走——”

但阿多里只是用力抱了她一下，然后声嘶力竭地喊道：“快跑，卢佩。别忘了那条项链。”

卢佩满脸痛苦。“你说过不要打开它，直到——”

阿多里从腰带上取下钥匙圈，塞进她的手中。“你现在必须离开。”

他对我点点头。他的双手已不再颤抖。“照顾好她，伊莎贝拉。”

又一声咆哮响彻森林，紧接着所有流放者都吼叫起来，总督推开了我们。我扭头看到他们拿起武器，并肩而立，就像铜墙铁壁一样，阿多里和安娜并肩站在最前面。与此同时，那可怕的东西突破林木线而来。

它身高如马，遍体覆盖着凌乱的黑毛。它左右翻动着猩红的眼睛，在地上磨着粗如树干的爪子。

这不是狼。只可能是恶魔之狗。一只提比赛那。

它雷鸣般吼叫着，停在距离流放者几米之远的地方。它的爪子刨过大地，地上留下了深深的爪痕。更多的吼声从树林里传来。越来越多的提比赛那正在赶来。

总督、安娜和马奎兹站到一起。总督的其他卫兵则围在他们周围，拿着刀剑，严阵以待。

内心的恐惧让我眼前白茫茫一片，野兽的出现似乎将我的五脏六腑都挤了出来，身体好像是被狂风暴雨掀起的巨浪。如果动物们曾经历过眼前的情景，难怪它们要逃往大海。我觉得自己像一只困在乌鸦锐利目光之下的鸣鸟，渺小的身躯对抗着不断围拢而来的黑暗。

卢佩拽着我的手，尖叫着要我们赶快跑起来。我的心揪成一团，忘记了呼吸。就在怪兽抬起庞大的爪子时，我转过身来。

我没能看到它落下。

16. 逃离恶魔之狗

我们紧紧拉着彼此的手穿过沼泽，上一次我们手拉手奔跑还是穿过田野去学校的时候。我能感觉到拉小姐还在颤抖。不久后，我们来到一个区域，水坑比陆地还多，树木点缀在玛瑞斯玛沼泽里，藤蔓像蛇般从树上悬垂下来。

“我们得游过去。”我说着将斗篷绑成吊兜背在身后，母鸡紧紧地贴着我的脖子。我们走下浑水，抬腿往前跋涉。

我感到自己在下陷，加博的靴子里灌满了水，从我脚上滑落。我使劲蹬着腿，可在泥浆中找不到支撑点，身体也无法上浮。我拼命向上扑腾，感到拉小姐也在愤怒地拍打翅膀。

“抱歉。”我气息短促地说道，最后终于抓到一根藤蔓，便立刻往上爬了些，将拉小姐带离泥浆。我将自己捆在藤蔓上，然后大声喊卢佩照做。我们周围还有些身影，是年幼的流放者在奔逃。

我将眼前的另一根藤蔓抓在手里，一脚蹬住一截树根，在吞噬一切的黑暗中稳住身体。我和卢佩分别抓住前方一臂远的藤蔓，奋力将身体往前拉，接着再重复这组动作，终于找到了一点节奏。

时间似乎随着我的身体在压缩与拉长。周围只听到拉小姐焦虑的咕咕声和我们费力行走时的哗哗声，我的双眼只能看到黑漆漆的泥水和缠绕的藤蔓。我们仿佛坠落到了地下世界，星光不再闪烁，周围是沉沦一切的黑暗。我试图不去想身后的情景，同时疑惑那些奔逃的流放者都去了何方。

藤蔓终于渐渐稀疏，脚下的泥浆逐渐变得厚实起来，踩上去也不再往下陷。我们快到对岸了。这个认知让我加快了前进的脚步。我很快将自己拉出沼泽，双手被藤蔓上的尖刺扎得皮开肉绽。身边的卢佩把湿衣上的刺一个个挑出来。她看起来很茫然。

“沼泽会为我们争取一些时间。”我说道，“快走。”

但话音未落，前方的地面猛然下降。我们一个踉跄，滑入碗状的深坑。腐烂的果子铺满坑底，在我的脚下压成果浆。空气中弥漫着浓郁甜美的果香。

抬起脚时我的心脏怦怦直跳，有什么东西卡在了我的大脚趾与二脚趾之间。

“什么——什么东西？”卢佩的眼睛睁得圆溜溜的。我将那东西取了出来，卢佩看后大叫一声。

是一块骨头，一块带着软组织的小骨头。我们到了提比赛那进食的地方。

腐烂的气味充斥着鼻腔，我努力忍住呕吐感。卢佩在往前爬，我却像是在腐臭的地里生了根。我告诉自己："别恐慌。"

我们开始往前走。

我手脚并用地爬过这块腐臭的区域，爬上坑的另一边。直到再次站在潮湿的地面上，我才张大嘴呼吸。

卢佩在我前面几米远的地方停下来。我们透过树林看到一条缓缓流淌着的、波光粼粼的河流。它像一根银线，指引着我们回家的方向。

"阿瑞塔拉河。"我喃喃道。

我们赤足走进涓流，洗净脚上已经干掉的血渍。我放出拉小姐，它在浅滩绕着圈跑起来。卢佩握住我的手。

"对不起，"她嘶哑地说道，"当时我丢下了你。"

我挤出几个字。"那不是你的错。"

"你觉得我不烂了吗？"

"不，"我坚定地说，"你很勇敢。你是第一个走进遗忘之地的人，从未有人进来过，我没有，我爸爸没有——"

"我爸爸也没有。"她颤抖着深吸一口气说道，"爸爸……"

我又想起了那湿脏蓬乱的爪子和坑里的骨头。我轻轻掰开卢佩紧握的拳头，钥匙串赫然躺在她的手心。我拿起钥匙串，从钥匙环里滑出一把细如针的钥匙。

卢佩看看钥匙，又看看我，最后目光又回到钥匙上。

“他从来没让任何人碰过这串钥匙，连妈妈也不能。他为什么要把它给我呢？”

我将那把细如针的钥匙递给卢佩。

“爸爸说不能打开盒子，直到他死后。”

我拉过她的手。

她低头盯着钥匙，仿佛以前从未见过这东西。

“他死了，对吗？”

我点点头。卢佩也缓缓点点头，仿佛要把这个事实硬塞进自己的大脑。她的脸色惨白。

卢佩摘下吊坠，将钥匙插入锁眼。只听到一个微弱的咔哒声，吊坠的盖子弹开了。令人惊讶的是里面先流出一汪水，然后露出一张湿透了的纸，纸折叠得四四方方，平整妥帖地铺在吊坠盒子里。

卢佩拿出纸刚想展开，我轻轻地碰碰她的手，提醒她要小心仔细些。泡过水的纸会非常脆弱。卢佩把纸片递给我，她的手在颤抖。我慢慢剥开纸片。这张纸一定被折叠过很多次，而且纸张很薄，我敢说它下一秒就会被撕破。

我最终将信纸完好地铺展在卢佩的膝盖上。墨汁略微晕染到信纸边缘，但字迹清晰可辨。帮忙打开信纸时，我的眼睛不由自主扫过前几行。

我的女儿：

当你读到这封信时，意味着我已不在了。我写下这封信是为了告诉你我生前无法告知你的所有事情。

我意识到自己在探知别人的隐私，于是转身看向卢佩。她的嘴唇抿成一条线，眼神透露出浓浓的悲伤，我不忍直视，只能摆弄着剩余的钥匙。

几分钟过去了。四周一片寂静，只听到卢佩轻微的呼吸声和长腿的挪动声。我等待着。她读完一面，然后翻过信纸接着读另一面。又过了一分钟左右，她长叹一声，身体松垮下来。

她将信纸小心地折叠好，拿起吊坠，将信纸放回里面，然后合上盖子，用尽全身的力气将它扔进河里。

“你在干什么？”

“我不想留着它。”泪水顺着她的下巴滴落下来。我伸手想去安慰她，她却躲开了。

“信中……信中说了什么？”

“我爸爸的确如流放者们所说。”她的声音异常地平静，“甚至比那更可恶。”

“卢佩，我很遗憾他已经去世了……”

她看着我，脸上的表情不再是悲伤而是愤怒。

“我不遗憾。”

就在我不知该说些什么时，水花声响起，有东西从上游而来。虽然不似提比赛那靠近时那么恐惧，我还是抓起拉小姐，赶紧和卢佩离开了河岸，躲到林木线后面。一个高大的身形逐渐出现在视野中，我紧紧握住了卢佩的手。

我反应了片刻，然后站起身再次奔跑起来，颠得母鸡天旋地转。

17. 跌入黑暗

下一刻，我紧紧拥抱住巴勃罗，连他的喘息声都听得一清二楚。

“伊莎贝拉？发生了什么——”

“你来了！现在该怎么办？”我的身心完全松弛下来，像是刚刚吃掉了全世界的蒲公英根。

“别这么垂头丧气。”他边说边笨拙地抱住我，我感到自己双颊通红，便往后退了退，“但是你怎么在这儿？我看到流放者们带走了你，于是跟在你后面，但在黑暗中跟丢了。”他声音沙哑地说，“我还以为再也见不到你了。”

他环顾四周，看到了卢佩。此时卢佩正站在河边。我读不懂她的表情。

“那个女孩就是阿多里的女儿？”巴勃罗问道，“阿多里在哪里？”

“他和流放者们一起留下了。”我意识到卢佩能听到我们的谈话，于是小心翼翼地说道，“为了战斗。”

“和谁战斗？”

“提比赛那。他们给恶魔之狗起的名字。”

巴勃罗扬扬眉，额前垂下的短发遮住的他的眉毛。“恶魔之狗？传说中的那个？”

我点点头。

“原来如此。”巴勃罗用嘲笑的语气说道。看到拉小姐像条快要窒息的鱼在岸边扑腾时，他再次扬起眉毛，问：“这里发生了什么事？”

“我们可没时间细说了。”卢佩不耐烦地喊道。

“她说得对，”我说道，“我们得回到格罗梅拉村。”

“我同意。”巴勃罗说，“如果我们沿着河流——”

“伊莎知道路。”卢佩打断他，“到目前为止，多亏了她带路。”

卢佩抱起拉小姐——后者温顺地卧在她的臂弯中——然后大步走向河的下游。

“她怎么了？”巴勃罗冲着卢佩远去的背影歪歪脑袋。

“她刚刚经历了很多事。”我回答道，心中更加好奇那封信究竟说了什么。巴勃罗与我并肩走着。

“到底发生了什么？”

我跟他讲述了自己在流放者的营地醒来后的事情，讲述了安娜，还有马奎兹试图假装总督的事情。

“这么说阿多里在那儿？可大家遇袭时，我看到他逃跑了。”

“嗯，他又回来了。”

“你的意思是他回来了，而我逃跑了？”巴勃罗尖刻地说道，“我真的尽力想跟上你，但他们抢走了马匹，而且——”

我摇摇头。“我不是这个意思。我只是说他在尽量弥补。当提比赛那攻来时……你在笑什么？”

“你竟然能一本正经地说出那个词——”

“它们是真的！”

“它们长什么样？”

我试着解释。

“听起来不过是只狼。”

“关键是它们给人的感觉。多斯说——”

“多斯？”

“流放者安娜的女儿。她说它们会吓得你丧失理智。你甚至感觉到它们正在接近。你的五脏六腑会绞到一起，上下翻腾，就像肚子里刮起了风暴。”

“那是什么意思？”巴勃罗讥笑道，“肚子里刮起了风暴？听起来好像是吃了你爸爸煮的东西后的感觉。”

“如果你当时在场，现在就笑不出来了。”我直言不讳道，突然像虚脱了一般，不想再考虑这个问题。我只想快点回家，见到爸爸。尽管地图仅完成了一半，我却不想继续留在这片遗忘之地。

“你很累吧？”他的表情亲切了一些。我打了个哈欠，但还是摇摇头。“你确定？我可以背你一会儿。”

我警惕地看着他，不确定他是否又在捉弄我，但他伸出了双臂。我将总督的钥匙串别在腰带上，确定卢佩没有朝这边看，然后犹豫地用胳膊搂住了他的脖子。他背起我，我趴在他的背上，透过汗水和血的味道，我还闻到了薰衣草香，只是比从前任何时候更淡。

我嗅着周身的气味，听着他有节奏地迈动脚步。我无法相信他就在这儿。卢佩走在前面，正喋喋不休地与拉小姐说话。如果不去想身后的东西，现在的感觉还是不错的。几乎是不错的。

我闭上眼睛，感觉自己漂浮在一片深邃黑暗的海洋上，澄澈的夜空满天繁星，海面上反射出点点星光。一艘由发光的木头制造而成的船乘风而来，它是如此轻盈，几乎像是贴着水面掠过。船越来越近，我看到船的周身雕刻着眼花缭乱的图案，甲板上站着我的家人。不只是爸爸，还有妈妈和加博。他们三人像皎洁的月光一样苍白，周身笼罩着光圈，和他们乘坐的船一样闪闪发光，令人惊叹。梦幻般的夜晚闪耀着笼罩着我们，加博伸出手，我握住了它们……

“伊莎贝拉，快看！”

我眨眨惺忪的睡眼，对上正午刺眼的阳光，问道：“那是什么？”

刹那间，我清醒过来。前方的地面断崖式下落，仿佛消失了一般。只是我知道它并非消失了，而是我们来到了阿林坦。那是探险队曾沿着山脊边缘往外走的地方。

巴勃罗将我放下，并扶稳我，血液重新流回麻木的双腿，一阵刺痛。“快到家了。”他说。

我走到瀑布边缘，凝神看了会儿，说：“这段坡道又陡又长。”

卢佩也望了一眼，然后将拉小姐递给我，不做停留地顺着岩石往下爬。她卷起裙摆，轻盈地跳下去，落地时溅起细小的水花。我吃惊地看着她像只猫似的又爬上来，轻松自如，呼吸平缓。“还不错。”

“臭显摆。”巴勃罗嘟囔着。

我正打算转身告诉他不要如此排斥和讨厌卢佩时，那种感觉又回来了：被拉扯的感觉，五脏六腑绞在一起，上下翻腾。巴勃罗整张脸都皱了起来，他捂住肚子问道：“怎么回事？”

“哦，不。”卢佩疯狂地尖叫道，“哦，不，不，不！”

“快跑！”我大喊道。一个庞然大物突然出现在巴勃罗的背后。

但是来不及了。巴勃罗转身看向提比赛那，它的颈背部黑毛竖起，血盆大口发出震耳欲聋的吼声，就像上千块石头同时滚落悬崖。

“过来帮我！”我边喊边举起瀑布边缘的一块大石头。

巴勃罗托住石头，等这个怪兽一走进射程范围，就像掷鹅卵石般地轻松将石头扔向它。石头狠狠砸中了提比赛那的腿。

“快跑！”我把卢佩推向山脊边缘，她走到底部时，我将尖叫的拉小姐扔进她的怀里。

我扭头瞥了一眼。提比赛那已经脱离束缚，似乎正挣扎着站起来，它的后腿异样地垂着。巴勃罗抓住我的手臂，拽得我踉跄欲跌，他屈膝蹲在湿滑的岩石上压低我的身体。

我踉跄地跌下最后几米坡道，落在河床的软泥上，正好落在卢佩旁边。然后听到啪嗒一声，巴勃罗跳到我们身边，仿佛从前加博掉进粘土矿的情景。我的心里一阵庆幸，我们成功了，我们逃脱了。

但下一刻，只见那只提比赛那赫然站立在岩架上，跃跃欲跳。

巴勃罗催促我们快走。“快往那边跑！”

我蹚着泥浆，跟在他的后面奔跑，但卢佩一个踉跄，重重地摔倒在瀑布的岩石上。拉小姐跑了出来，跳到树干上乱挠。我抽出被巴勃罗紧握的手，跑回去想要扶起卢佩，但她将全身的重量压在我的胳膊上，惊恐地盯着我们上方的黑影。

巴勃罗来不及停下，又向下游跑了几步，才掉头回来帮卢佩和我。但为时已晚。这头受伤的怪兽跳到我们之间，发出的声响像巨浪般排山倒海而来，它拖着受伤的身体，踉跄着转向瀑布，面对卢佩和我。

巴勃罗四处寻找武器。他举起一块石头往提比赛那的身体一侧砸去，但只擦过了它乱蓬蓬的皮毛。

“快跑！”我一边拼命地喊叫，一边和卢佩往后退，“你得回去提醒格罗梅拉的村民们！”

提比赛那龇牙低吼，黑色的唾液一直垂到地面。

巴勃罗面色坚定。“我不会丢下你的！”

他从一堆树枝中抓起一根尖头的棍子——这是我们几天前收集的柴火——猛地刺入提比赛那受伤的那条腿。这头野兽咆哮着转向巴勃罗，抬起巨大无比的爪子。爪子划过空中，扇在巴勃罗的脸上。

我看到巴勃罗翻了个白眼，然后直挺挺地栽倒在岸边，一动不动。鲜血在我面前的水里晕开。是巴勃罗的血。

提比赛那直立起后腿，似乎要再次发动攻击。我大声尖叫起来。

我大喊着巴勃罗的名字，大喊着让提比赛那远离他，卢佩也和我一起大喊着。他没死。他不能死。

我们不断捡起河边的卵石扔向怪兽，拼命地踩着脚下的泥浆发出声响，试图引起提比赛那的注意，让它远离巴勃罗，转向我们这边。

奏效了。

卢佩和我屏住呼吸，安静下来。提比赛那做出攻势，却并不急于进攻。越过它的身躯，我看到树林附近的泥土地上有拉小姐的脚印，但对我和卢佩而言，已经无路可逃。

我最后看了巴勃罗一眼。他胸口有动静？一起一伏，微不可察的呼吸让他的白色外衣泛起涟漪般的起伏？

“伊莎，”卢佩尖叫道，“现在怎么办？”

我盲目地拉着她往后退，穿过浅浅的小溪，退进一个洞穴。这是我第一次来阿林坦时偶然闯入的地方，是一处开阔的空间。提比赛那出现在洞口，我感到自己的后背紧贴在岩石的横向纹理上，心中默念着加博的名字。

空气中充满腐烂而狂暴的气味和汗液的馊味。我的五脏六腑都揪成一团。我希望一切马上过去。卢佩摸索着拉住了我的手。

提比赛那向上跃起，卢佩拉着我蹲下身。我听到它扑来时从耳边呼啸而过的风声。我缩成一团，紧紧抱住自己，等待它沉重的身体将我们压碎，等待它的爪子将我们撕裂——

但可怕的事情没有发生。

耳边响起震耳欲聋的咔嚓声，我身后的岩石轰然倒塌。提比赛那跳跃而起的冲力带着它直接穿墙而过，几秒钟后，我们才听到可怕的嘎吱声。

空心的。瀑布后面是空心的。

我们屈膝蹲着，怔在原地。

“你还好吗？”我嘶哑地问道。

“从没这么好过。”卢佩的声音又细又尖。

我咯咯笑了一声，肚子和肋骨疼得要命，环顾四周时脑袋也是前所未有的晕眩。

“我们得出去。”卢佩的脸上是我从未见过的严肃表情，“巴勃罗。”

想到他还一动不动地躺在那里，几乎没有呼吸，我全身颤抖起来。寒冷刺穿了我的胸膛。

我握住卢佩伸过来的手，扶着坍塌的石墙站起身。

致命的错误。

寂静中响起什么东西破碎的声音。我身后的墙基轰然倒塌。在失去平衡前，我试图放开卢佩的手，但她紧握住我的手不放。

我们一起跌入黑暗。

18. 迷路

“在任何一间屋子里，你站在某个位置——拿你的房间做例子吧——你能准确地记下这个位置吗？你能走到外面的院子里，在地上画出来展示给我看吗？这还只是一间狭窄又简单的房间，是你自会走路起就生活的地方。里面只有两张床，或许还有只猫在上面打瞌睡，以及一个装满衣服的箱子。

“应该按照什么样的比例？我们不能按照原始大小绘制，即便如此之小的房间也不能。我们需要按比例缩小。你不会让一只老虎般大小的猫趴在火柴盒大小的床上吧？你能记住每样事物与其他事物之间的比例吗？绘制的事物越多，这种比例关系越重要，比如，一棵树之于一片森林，一座岛屿之于整个海洋。妈妈的那幅地图是我们拥有的唯一一幅标记了的遗忘之地的地图，上面标示出了每种树木。细节至关重要。即便只是绘制你房间的地图。

“下面说说地标。圆圈代表舒适的休息区：猫和床。X 代表危险，可以标记在箱子上因松动而突出来的钉子那里。弯曲的线条代表你与加博的床之间的那条通话线。

“或许地图到这里就完成了。一个简简单单、画在土里的正方形。这种地图随处都可以买到，任何绘图师都能画出来。如果他们见过你的房间，轻而易举就能画出一张这样的地图。地图虽然比例精确，但它能显示出你对这个地方的情感吗？

“这才是制图师的价值。我们能让地图活过来，能让你的房间地图有家的感觉。如果你看着它，就能知道它不仅仅是一个房间，而是你的房间，你在那里度过了童年。我们还可以为自己数年前去过的地方绘制地图。现在，在卓亚岛，我可以绘制一幅非洲地图，你看着它仿佛就能闻到非洲市集上弥漫的香气，那味道熏得你头昏脑涨。我绘制的冰冻圈地图，能让你有穿上皮毛袜，甚至从白熊身边逃走的冲动！嗯，几乎吧……

“孩子，你还有很长的路要走。不过这是开端！你已经绘制出了自己的第一张地图。将你的名字写在顶部，写在这里。你可以用我的翎羽笔写。

“伊——莎——贝——拉。

“棒极了。”

我动了动身体。伴随着沉重呼吸的回声，黑暗涌进双眼。

咔嚓！

耳边有什么东西破裂了。我试着挪动身体，但一条腿和一只胳膊被卢佩压在身下。她昏过去了，胸口微弱地起伏着。

咔嚓！

这次破裂声从身下传来。我伸出手摸索四周，指尖触到一片浓密且恶臭的毛皮，恶心的感觉顿时席卷全身。那个声音……是我的身体压碎提比赛那的肋骨时发出的。

我终于扶起卢佩，吃力地拖着她快速离开那两堆阴影，一阵咔嚓声后，我撞上一面潮湿的岩壁。坠落前的情景浮现在我眼前：巴勃罗想救我们，却被击倒在地，他的鲜血染红了整个水面。

我闭上眼睛。

“数到十，”我对着黑暗默念道，“一切都会好起来。一、二、三……”

但是数到了十，这个世界仍是漆黑一片。背包正抵着我的后背。我拉开背包，在里面摸索出发光的木头。它的光亮驱散了黑暗，我低头看向卢佩，她呻吟着，小心翼翼地站起身来。

“你没事吧？”

她张开嘴想要回答，这时鲜血沿着她的嘴角流下来。

“你受伤了！”我的呼吸一滞。

“没事。我只是咬到了舌头。”她伸出舌头让我看。

伤口不深。我喂她喝了一大口水，她漱漱口，吐出一摊血水。

“发生了什么？”

“我们掉下来了。”我指着上方的裂口回答道，那里离我们至少五米高，碎石砂砾还在不断往下滚落。

“我们就这么掉下来了？没受一丁点伤？”

我摇摇头。“这得感谢我们的朋友。”

卢佩顺着我的目光看过去，然后尖叫一声，赶紧拖着身体避开提比赛那断裂的尸体——焦油状的血液仍从伤口处汩汩流出。

“啊！它，它……死了吗？”

即便它在我们掉下来之前还没死，现在也被我们压死了。卢佩长吁一声，我俩都不愿靠近它。我抬头望望坠落的洞口，那里几乎隐匿不可见。

卢佩伸长脖子问我：“你觉得我们能爬上去吗？”

我伸手摸摸岩壁。岩石潮湿黏滑，轻轻一碰就有小石块滚落下来。我的手指也沾染了水气。

“我们可以试试。”

岩壁上没有任何可以下手的地方，我只好倒空背包，踩在卢佩的肩上，将背包往上扔，希望背带能勾住洞口边缘的石头。但背带根本够不到洞口。我们又将岩壁崩塌的石块堆起来，这一次卢佩站在我的肩膀上，伸长胳膊去够洞口，但即使我的膝盖不打战，洞口仍旧遥不可及。我们不停地呼喊巴勃罗，但没有任何回应。

我尽量不去想这意味着什么，因为我知道，他如果能来，就一定会来的。

卢佩滑到地上，头埋进双手。有那么一会儿，听起来她好像在笑，但随后喘息声变成压抑的抽泣。我伸手想拉她起来，但她耸肩躲开了。她正哭得涕泗滂沱。

我顺着粗糙的岩壁滑坐在潮湿的地上，陪在她身边，并将倒出的东西收回背包。虽然面前一片漆黑，但我确信这里是一条隧道。如果真是一条隧道,那么我就得想想我们是如何发现它的——

穿过瀑布。就像阿林塔在寻找尤特时遇到的一样。

仔细想想。

多斯说过提比赛那来自地下——她指的一定就是这条或其他类似的隧道。提比赛那不可能从这里爬上地面。我们只是碰巧才打通了瀑布洞穴的后墙，这儿无路通向地面。也就是说，一定会有别的出口。

卢佩平静下来，但呼吸仍然有些不规律。我站起来扶她起来。

“我们往前走吧。”我指着黑暗说道。

卢佩缩缩身体，摇摇头。“不，我不行……我讨厌黑暗。”

“我们必须往前走。”

“我并不是非得这么做。”

“绝对有办法出去的。”我的语气比预想中更加坚定。

“但你不知道在哪里！”

“我们会找到的，我们会的。我……”我的声音越来越小。

卢佩瞪着眼睛。“怎么？你保证？你根本不知道出去的路在哪儿。你甚至都不确定到底有没有出去的路。”

“提比赛那肯定有巢穴。流放者说过，它们来自地下。”

卢佩迅速瞥了一眼木头照亮的地方，那里是一片黯淡的阴影，然后看看洞口。“也许那个马童很快会醒过来。如果我们在这儿等……”

我不知道该如何回答。她期盼的安慰我说不出口，更无法告诉她，其实我心底觉得巴勃罗再也来不了了。我不敢去设想他已经——

那就不去想吧。

但是，就像卢佩没办法忍受黑暗，我也不能忍受什么都不做，待在这儿等死。如果有张地图在手，我就能更有底气地面对前方深不可测的黑暗。

“地图！”我深吸一口气，突然想起来，之前看妈妈的地图时，地图会变化，上面的线条曾显现出来又隐没消失，就在背包浸到阿瑞塔拉河后……

“你在做什么？”看到我将背包里的东西又一股脑儿倒在地上，墨水瓶和破损的星图翻滚到角落，卢佩不解地问。

地图在背包最底层。我展开地图，平铺在潮湿的地上，将木头靠近地图上方。

“你究竟——”卢佩刚要说话。

“嘘！”我死死盯着地图，但没有看到任何变化。我跪坐在地上，沮丧地揉着眼睛。紧接着——

“快看！”卢佩指着地图喊道。

地图正在变化。树木和村庄像被地图表层吸收掉似的正在消失，一幅全新的地图缓缓呈现在我们眼前。

“怎么会这样？”

“水……”我的心脏剧烈跳动起来，“是水的问题。”

“什么意思？”

真希望她能安静片刻。现在谜团解开了。地图第一次变样是因为浸了河水——阿瑞塔拉河。可我试图让它再次变样时，用的是从家带来的瓶装水。现在瀑布水渗进地下，地面潮湿。地图必须得被阿瑞塔拉河水润湿后才能显露出里面的隐藏层。

我一把抓起地图，四下挥舞。边缘开始变干，地图再次显现出原来的样子。

我又将地图贴在渗水的岩壁上。纵横交错的线条重新出现，形成一张巨大的网络覆盖了整个卓亚岛，我猛地醒悟过来：这些线条就代表隧道。隧道上还画着不少圆圈。其中一个刚好位于瀑布尽头。我的呼吸一顿。这些圆圈代表出口。妈妈，谢谢您给我指引。

“这是什么？”

我抬起头，咧嘴笑起来。

“是我们出去的路。”

我用手指测量了地图上最近一个出口的距离。我们必须沿着隧道步行数英里才能到。我不想接近地图中央的红圈，但我们别无选择。

我没有告诉卢佩我对这个红圈的猜想。如果她不想深入黑暗，那么告诉她火魔的事情并不会让她好受点。我从未如此渴望自己的猜想是错的。目前，我们只关心如何逃离迷宫。只要能回到地面，哪怕待在黑森林也比这里舒服。

我们喝了口顺着岩壁淌下的溪水。水质很硬，但足够新鲜。然后我们倒空瓶中的陈水，重新装满新鲜的溪水。最后，我浸湿地图，举着木头照亮前方的路，和卢佩出发了。

很难记清究竟走了多远，只有脚步声在岩壁间回荡，而周围越来越热。随着我们走过一个又一个拐角，绕过一段又一段弯道，我的手指顺着地图上的线条不断移动，我以此来确定当下的方位。

读图占据了我全部的精力，除了发出向左、向右、向前的指示，或不时告诉卢佩往地图上泼水之外，我一言不发。四周的空气恶臭难耐。

卢佩皱皱鼻子。“好像烟花点燃后的味道。”

无论肺部如何刺痛，舌头如何发苦，我都不能浪费仅剩的水去冲掉这种苦味。地面的坡度时刻在急剧加大，不断向下倾斜，我们很快滑进一条陡峭的隧道。我只能期盼隧道不要把我们带往更深的地方。

我的脑海中不断浮现出爸爸讲过的故事，一个连着一个，但只有阿林塔的故事反复出现。“她进入瀑布后面的隧道中……”我用余光瞥向卢佩，不知我从前给她讲故事时，她有没有仔细听。眼下，她正露出痛苦的表情，太阳穴突突地跳动着。

越往岛屿的深处爬，周围的温度越高。汗水顺着我的脸流下，落在地图上又快速蒸发。卢佩很快就倒掉了半瓶水。

我们来到一个四条隧道交汇的岔路口。我正眯着眼睛查看蛛网般的地图，想确定该走哪条路时，它们全部消失了。

“水干得太快了！”

卢佩沮丧地嘟囔道：“我们不能像这样用水了，得留些喝的。”

“我试试把路线描出来。”我伸出手，想掏出背包里的制图工具，却摸了个空，除了刀和未完成的地图，包里什么也没有。再加上别在腰带上的钥匙串和水瓶，这就是我的全部家当。我的心一沉，想起自己之前倒空了背包，将墨水和纸张全部留在了我们和提比赛那掉下来的地方。

“我弄丢了所有的东西。对不起——”

“嘘！”卢佩打断了我。

“我说对不起！”我面有愠色地说。

“没关系的，伊莎贝拉，真的。”她将手指放在嘴唇上，同时拿过我手中的木头藏进背包里。

紧接着我就听到我们右侧的隧道里回荡起一连串拖地行走的脚步声，接着是一声低吼。我强忍住胃里翻江倒海的恶心感，把卢佩拉进左侧隧道的阴影里躲起来。我在黑暗中摸索着墙壁，感觉到上面布满裂痕和缝隙。

提比赛那步步逼近，我听到它停在我们刚才站的地方，嗅着周围的空气，卢佩呜咽着缩成一团，我的指甲深深地抠进手心。然后它大吼一声，声音尖锐可怕，接着是一阵连续的低吼，震得砂石从隧道顶嗖嗖地往下掉落。我吞咽了一下，舌头紧紧抵住上牙床。

每一秒钟都无比漫长。终于，提比赛那转身循着我们来的方向跑上斜坡。卢佩刚松了口气，隧道就开始震颤。我把卢佩拉进一个比拉小姐的鸡笼宽敞不了多少的缝隙中。

我们挤在缝隙里，把背包夹在我们俩中间。这时，无数只提比赛那从四面八方涌来，它们呼哧呼哧地喘息着，回应着彼此的号叫声，不停嗅着地面。一群蝙蝠似的黑影接连闪过，扬起恶臭的灰尘，隧道中的气味更难闻了。

我觉得喉咙堵得满满的，肺部如海绵吸水般灌入大量灰尘。卢佩用臂弯捂着嘴克制住咳嗽。有两只提比赛那似乎在我们藏身的附近稍作停留，但很快就随着其他同伙跑开了。就在我的胃痛到达极限时，震颤结束了。不一会儿，隧道里只留下回声和悬浮的灰尘。

卢佩从缝隙中挤出来。我也跟着走出来，长吁一口气，从背包里拿出木头。

“它们到瀑布要多久？”卢佩颤抖地问。

提比赛那奔跑的速度比我们快得多，但我们一路而来差不多都是下坡，而且肯定走了有几小时。如果提比赛那没意识到它们找错方向的话……

“我们也许快要成功了。”

“走哪条路？”

我抬起胳膊想去查看地图，但发现地图不在手中。我松开拳头，一片碎纸飘落下来，落在满是爪痕的地上。

“不！”我跪在地上，双手在缝隙附近的尘土里翻找。挤进缝隙时，我们一定是撕破了地图的边角。

“在这里。”卢佩的声音异常平静。

我举起木头，顺着她指的方向看，不确定她指的是什么。然后我在尘土里看到了地图的一角。然后是一块碎片，接着又是一小块。

地图已经被提比赛那踩得粉碎，就像碾入泥里的花瓣。

“你有办法粘好吗？”卢佩问我，其实她明知道答案。

我望着黑暗。它在我们周围不断延伸，一成不变、令人恐惧。

我们迷路了。

19. 世界坍塌了

我不知道自己还能做些什么。既然提比赛那已经嗅到了我们的气味，我们就不能继续待在此处，但我不知道出口在哪儿，更不知前方潜伏着何种危险。

我惊讶地发现卢佩既没有大喊大叫，也没有苛责我。她跪下来，开始收集地上的碎片。

“别管它们了。”我平静地说，“没用了。”

我忍住眼泪。那是妈妈的地图，是她留给我的唯一东西。

卢佩没有理我，而是尽可能地把碎片全部收集到一起。她小心翼翼地将碎片堆成一叠，然后递给我。我狠狠地揉了揉眼睛。

“害怕也没什么，伊莎贝拉。”她说道，“我也很害怕。”

我抬起头，使劲儿眨眨眼睛。卢佩的表情很温柔。很久以前，从我们成为朋友的第一天起，我就记住了这张脸。那天我因为思念加博，坐在废弃的养兔场边哭泣，卢佩向我伸出了手。

我接过碎片。

背包的肩带断了，于是我清空包里的东西，将钥匙和碎片放进腰带上的口袋里。我手握扁刀，磨损的皮革手柄让我的心安定下来。

“现在该怎么办？”卢佩突然语气轻快地问。

我闭上眼睛，努力回想地图的模样。我知道我们离地图上标示的出口很近。在第一只提比赛那出现前，我正好在看地图。那时我们的位置在哪儿？

我眼前冒出答案。在东南方。就在阿瑞塔拉河下面。没错！隧道虽然蜿蜒曲折，但走向与河道大体一致。接下来该怎么走？前方有三条路，都可能跟出口相连。

“伊莎贝拉？”

卢佩的声音将我脑海中的地图打散得一干二净。不过没关系。我已经知道该怎么办了。

“我们要走右边的[1]隧道。”

“是的，可我们怎么才能知道哪一条是正确的？”

“不，我是说走右手边的隧道。”我说着指过去，“那条。”

她怀疑地看看我，说道：“它们就是从那边来的。”

“它们是从四面八方来的。”我不想多作解释，“那边就是出去的路。我们要沿着那条隧道走到类似结节的地方。”

“结节？”

[1]“右边的”英文right也有“正确的”之意。

“是的，就像一根打结的绳子。如果我们待在结节的左边，选择外面的路，顺着走下去，就能出去。”

我几乎可以肯定。几乎。

我们继续沉默着沿隧道一路向下。地图毁掉的唯一好处就是，现在我们有水喝了。我们走过一个满是爪痕的宽阔岔口，进入了一条没有爪痕的狭窄隧道，我感觉卢佩略微放松下来。

周围的温度还在升高，不一会儿，我的太阳穴开始钻心地疼。刺鼻的味道越发强烈，几乎让人透不过气来。我的脑袋昏沉沉的，感觉周围的一切软绵绵、轻飘飘的，不断向我逼近。我眨眨眼睛，试图聚焦视线。卢佩似乎也是头晕脑涨的，她拖着脚走路，偶尔磕磕绊绊的。

最糟糕的是，周围的环境一成不变。看不到一丝天空，时间变得毫无意义。我只能用腿部的疼痛来计算距离。我渴望格罗梅拉村清澈的天空、明媚的太阳和闪烁的繁星，即便是遗忘之地的阴霾和卡蒙特村令人恐惧的狂风也好过这里。

我的膝盖疼得厉害。突然变得水平的隧道在前方急速转弯，洞高降了近一米。我们只能低着头往前走，然而头顶的岩石越来越低，最后我们不得不俯身往前爬。即便提比赛那追到这里，也肯定难以通过这个空间。不过如果我带错了方向呢？我们会被困住。

我的喉咙一紧，但只能继续前进。

隧道越来越低矮，到最后，我们不得不匍匐前进，岩石尖利的棱角不断勾住我们的衣服。在如此狭小的空间里是不可能转身的，我紧跟在卢佩的脚后，试图忽略上方悬着的庞然大物——整个卓亚岛就在我们头顶。

隧道再次转弯。我猜大概是到了那处结节，也就是隧道回旋的地方。这段隧道应该很快会与其他隧道相交，然后我们就得拐进左侧第一条隧道，希望能到达出口。我深吸一口气，刺鼻的气味钻进肺部。

“卢佩，我想我们走的方向是对的。”

“但愿如此，”她转过脑袋闷声回答，“我觉得自己快受不了了。”

“是的，我们都受不了了。”

“起码你个子小。”卢佩的笑声突然中断。她的脑袋和上身倏然消失，随后是腿。我惊恐地扔掉手中的木头，伸手想要抓住她，但手中只有空气。

“卢佩！”

黑暗中传来闷闷的砰响。

“卢佩？”

听到她的回答我几乎跳了起来，扬起一阵灰尘。

“我没事！只是一小段斜坡。伊莎，你得过来看看这个……”

“是什么？”

“慢慢滑下来。这里很安全。”

我缓缓往前爬，摸索着边缘。我扔下扁刀，听到咣当一声，迟疑片刻后，我在身体重量的带动下向下滑去。

落地的姿势可不雅观，幸好我没落在刀上。我等着卢佩的嘲笑，但她出人意料地沉默不语，只是站在洞穴的中央，抬着头。我根本不用拿木头照明，因为她凝神注视的东西正从四面八方反射着木头的光亮。

成千上万的水晶悬挂在我们头顶，光芒炫目，流光溢彩，仿佛地下世界的漫天繁星。即便是我膝盖下的岩石，亦在壁顶的映衬下闪闪发光。

爸爸曾对我和加博提到过这种地方。“我从未见过那种地方，可我曾经遇到过一个人，他在河流下方发现了一个水晶洞穴。有些水晶是由水形成，而有些是由火形成的。”

这里没有水，也没有河……那么必定是由火形成的。

“晶状体石材分两种。一种是花岗岩，是一种浅色的岩石。像你们俩一样，它也有个孪生兄弟，是黑色的，叫作辉长岩。加博，加布博。”

站在这璀璨的水晶世界里，仿佛得到神明指引，我突然灵光一现。

就像一则运算题，什么东西咔嗒一声慢慢地复位了，所有事都解释通了。气味、水晶、高温。我没办法再忽略这一切之间的联系了。

“卢佩？我想我知道这是什么了。”

卢佩没有回答。她的眼睛一直盯着水晶。

我又深吸一口气，说道：“这是火山坑。水晶就是因它形成。”

“地面因高温而熔化，于是形成了火山坑。想象一下整片大地全是火焰的情形！有时火山坑会喷发出火焰，吞没所有城镇。”加博不喜欢听这个故事，于是爸爸会安抚他，“大多数时间，它们处于休眠状态，会在地底发出隆隆声，有时就会形成那种名字像孪生兄弟一样的岩石。”

我张嘴打算向卢佩解释，可她却奇怪地看着我。

“你说火山坑？”

和阿林塔神话分毫不差。我回忆起妈妈的地图，那些线条表面上纷乱成麻，但最终都通往中心的圆圈。那个位于千年地图中央的奇怪红圈。我深吸一口充斥着硫黄味的空气。

火魔承诺一千年。

“你在想什么？”卢佩谨慎地问道。

我在想旱灾，在想全部逃往大海的家畜，在想格力斯村被空气毒死的村民。

“地图上的结节靠近红圈，”我小心翼翼地说道，“也许只有一英里。我觉得出口就在那里。”我指着左边一条隧道说道，“但是那条隧道通往红圈。”我又指向前方另一条更低的隧道。它亮闪闪的，但不是因为有水晶，而是因为高温。

“所以呢？”

我几乎要改主意了，但现在不是摇摆不定的时候。“尤特就在那个红圈里。”

“尤特？”她皱了皱鼻子，“就是你最喜欢的那个故事里的？”

我有些生气。“它是火魔。而且这不是故事，而是传说。”

“有区别吗？”

我用力地揉揉飘进了沙砾的眼睛，怒气冲冲地说道：“传说是发生在很久很久以前的事情。因为时间久远，所以人们都喜欢说它不是真的，即便它真实发生过。”

卢佩沉默了许久。最后她谨慎且平静地开口了，仿佛是在对一只危险的动物说话。“伊莎贝拉，尤特和阿林塔都不是真的。”

“阿林塔是真的！”我的声音在洞穴中回荡，“否则提比赛那是怎么回事？它们追我们的时候看起来可不是假的。”

“也许那个马童说的对。”她用肯定的语气说道，“也许它们就是狼——”

“像马匹一样巨大的狼，而且浑身的浓毛还散发着烟臭味儿？”

“因为它们生活在地下，靠近火山坑！”

“它们被一种超越饥饿的力量驱使着。它们没有吃掉卡塔，而是杀死了她，然后故意留下尸体让人发现。”

“这是警告。”多斯曾这么说，“它们是被派来清岛的。”

“别犯傻了，伊莎贝拉。你不能再相信这些事了。”

“但是阿林塔——”

“那只是一个故事！而且你不是她！”

她的话很伤人，但我不想让她看出来。“我认为我没——”

“如果你告诉我这是出路，我就走这条。你跟我一起。”

“我不用你来安排我该干什么！”

“我年纪比你大。”

“无所谓。”我抢过她手中的木头说道，“我自己去。”我看也不看卢佩，大步走向闪闪发光的高温隧道。

脚下的地面突然震动起来，我踉跄着差点摔倒。卢佩已经跪倒在了地上。

又一次更强烈的震动席卷而来。一大块水晶从洞顶砸下来，坠落到我和卢佩之间。

我们对视彼此。

接着，整个世界坍塌下来。

20. 两个选择

震耳欲聋的塌方声像十场暴风雨的惊雷声、五十枚烟花的绽放声和一百只提比赛那的吼叫声混杂在一起。

我跑到洞穴一侧，双手紧紧捂住耳朵，但声音还是刺入耳膜，将我碾压到地上。我就像被一根巨大的拇指压在地上。我蜷缩成一团，牙齿直打架，脑袋嗡嗡作响。周围地动山摇，我好像身处波涛汹涌的海面，等待着岩石砸落下来，或者地面撕裂开来吞噬掉我……

但这些都没有发生。随着最后一阵碎石滚落，震颤停歇下来。我睁开眼睛，细眯着望向漫天的沙石。轰然坠落的巨石和水晶堆成一堵严实的墙壁，将洞穴一分为二。

哪里都找不到卢佩。我大声呼喊她的名字，可回应我的只有回声。我站起来，想找路穿过或翻过这堵石墙，可巨石堆得严严实实的。我试着爬过去，胳膊却抖得厉害。没有出去的路了，除了我身后的隧道——通往尤特的隧道。

我蜷缩着靠在烫人的岩壁旁。疲惫像云一样团团包裹着我。我抱住膝盖，抽泣着。

哭泣声在四周回荡，听起来遥远而空灵。最后我停止了哭泣，这样就不必听自己的回音了。但远处的哭声却没有停止。我仔细聆听，确信自己听出了一个词……

“伊……贝拉。伊莎。”

是我的名字。而那个声音是——卢佩！

我用手摸遍石墙，发现了一条弯弯曲曲的裂缝。我使劲儿往裂缝里面摸，然后用嘴贴着缝隙喊道：“卢佩？”

接着我将耳朵贴在裂缝上。什么声音都没有，甚至连哭泣声也停止了。也许那个声音是我幻想出来的？

又传来一个微弱的声音，充满试探，在喊我的名字。

我的心欢欣雀跃起来，我又冲着刚才的位置喊道：“找到裂缝。对着里面说话。”

耳朵紧贴裂缝，我焦急地等待着，卢佩的声音终于传来，清晰地仿佛她就站在我身边同我说话。

“伊莎贝拉？你在吗？发生什么事了？”

像孪生水晶一样，我觉得对面仿佛就是加博。胸口有些发闷，我回答道：“我在呢。我想这是条语音线。”

“一条语音线？”

“我跟加博的房间里有一条，可以传递声音。这里的成因跟岩石曲面有关。”

“到底发生了什么？”

“我不知道。”我的眼睛盯着隧道。我说谎了，其实我知道。

“现在该怎么办？我试过翻过这堵石墙。”

“我也试过了。通往出口的隧道什么情况？”

“堵住了。”

我清清嗓子，尽力镇静而坚定地问道：“我们进来的隧道，还通吗？”

卢佩的呼吸声消失了，我想她大概是去查看洞穴的情况了。一会儿后，她的声音再次淌进我的耳朵。“完全堵住了。但石墙一侧的上方有个豁口。我想我可以搬走一些……”她听起来精疲力竭。

我努力振作起来，可这次卢佩先开口了：

“我会尽力的，然后你就能过来。我们再找条不同的路，在其他的路线中选一条——”

“卢佩——”

“然后我们就能离开这里，就能回家了。我现在就开始搬。”

“卢佩，没用的。我——我想你应该离开了。”

她不停地跟我说话，声音沙哑，语速越来越快，音量越来越大。

"我肯定能做到的。"

"没关系，卢佩。"

"不，我会做到的，只是我的胳膊需要休息一下……"她的声音低了下来。

"是的，你应该休息，然后往回走。"

"我哪儿也不去！"卢佩生气地说道，"你必须给我同样的保证。"

低矮的隧道里散发着高温。我已经想好了下一步的计划。在我看到隧道的那一刻，就已经做出了决定。所以我又一次撒谎道："我哪儿也不去。"

"很好。"她说道，然后又以权威式的口吻说，"我想我们现在应该休息。你想睡觉吗？"好像我从来没这么说过似的。

"嗯。"

"伊莎？"

"嗯？"

"你会待在那儿，我的意思是待在语音线旁边吗？"

"会的。"

她的害怕让事情变得既容易又艰难。我躺下来，脑袋别扭地贴着语音线，等待卢佩沉睡。

我的肚子饿得咕噜噜叫，我伸手按住它，摸到了一条条硬硬的肋骨。我不禁想起自己竟然嫌弃只有面包和鱼的饭菜太简单，鱼还是爸爸好不容易从集市买回来的；想起以前曾问爸爸为什么我们吃不到他故事中的那些山珍海味。以前的粗茶淡饭对现在的我来说，绝对是美味盛宴。

我最喜欢的故事之一，就是卓亚岛六个村的居民聚集到格罗梅拉，庆祝小岛度过了六百年的和平时光。“这些都是很久以前的故事了，”爸爸用讲故事的语气说道，“甚至早于阿林塔时代。人们带来用干辣椒和醋烹饪的野猪以及根茎作物，田字格纹路的编织篮中盛满了椰枣，珍珠般亮泽的贝壳中躺着手掌大小的牡蛎，煮熟的螃蟹和龙虾堆得像小山一样高，上面涂着柠檬味的黄油，还有埋在海蓬子和粗盐下的一人高的章鱼……”

肚子又开始咕噜咕噜叫唤。卢佩轻柔的鼾声透过语音线传来，将我从盛宴中拉回现实，重新投入黑暗之中。我站起身。脑袋一阵天旋地转，手指头针扎似的疼。我强忍下这种痛楚，拖着脚迈了五小步，走到低矮隧道的入口。迎面而来的热气熏得我闭上眼睛。

我向前走去。

21. 火魔现身

这条隧道和其他的不同。

这儿的岩石与迷宫中的岩石似乎属同一类型，但空气中的气味更加浓烈刺鼻，还伴随着奇怪的嘶嘶声。岩石中迸发出的火星溅到我的脚背上，烫得皮肤生疼，我仿佛是走在针尖朝上的大头钉板上而不是石头上。

往前走隧道越变越窄，声响越来越恐怖。一种似曾相识的幽闭恐惧开始占据我的脑海。如果此时能换回一口凉爽清新的空气，我宁愿放弃世上所有的故事。在此之前，我以为自己什么都不会害怕，但现在黑暗是我唯一的恐惧。

隧道继续盘旋，但我没有走到初始的地方，这说明它是螺旋状的。隧道的顶部越来越低，最后我不得不跪在地上手脚并用往前爬。

开始冒火星。

起初是星星点点的火花，随着隧道越收越小，地面裂开了很多缝隙，渗出嘶嘶的热气。我把木头别在腰间，以便爬得更快些。火星从裂缝中迸出，偶尔落在我的衣服上。一个火星点燃了我的袖子。我摸索着拿到水瓶，往袖子上倒了几滴水。

一丝沁人的清凉爬上皮肤。衣服上洒了水滴的地方闪烁出蓝色的细纹。我知道这不是普通的水——地图变样已证明了这点——但这是另一回事。我看着水瓶，微微摇晃，里面发出咕咚咕咚的响声，水几乎是满的。

“阿林塔穿过瀑布后面的隧道，在水中浸透全身以抵挡火焰。”

我在胳膊上倒了点水，等蓝色细纹蔓延开后，将手臂伸入火焰。火焰像微风般无害地轻抚过我的皮肤。我蹲伏下来，用水仔细涂抹皮肤和衣服，最后只剩背部上一小块区域涂抹不到，无法得到保护。我继续往前，自己仿佛浸在冰水中。

爸爸曾告诉我，他六岁时，也就是总督来小岛的二十年前，一座冰川从冰冻圈漂移而下。某个夜晚，它像一艘幽灵船般漂来，撞上格罗梅拉的海湾，力量之大将一块陆地推挤成小岛。这就是爸爸为何总痴迷于探险新大陆，痴迷于将它们绘制成图。冰川让他立志成为一名制图师。他总是说：“万物都是休戚相关的。”爸爸虽不相信命运，却相信任何决定都会产生后续的影响，就像一声呼喊有时会引发滑坡。

多少个关联才将我带来这里呢？隧道越发低矮，地上的裂缝也越来越宽，各种可能性让我想得脑袋发胀。空间越变越窄，岩石向我倾轧而来，我的髋骨蹭在凹凸不平的岩壁上，膝盖也在粗糙的砂砾上磨来磨去，疼痛不堪。

不一会儿，隧道以一个不可思议的角度向下倾斜，身体的重量拽着我飞速下滑，我根本来不及用手臂撑住岩壁作缓冲。早知让脚在前就好了，可惜这个想法已经太迟了。我试着扭动身体，想蜷缩起来，可是手脚收不到一起，否则就会卡住。

当我再次试着缓冲下跌的势头时，手掌碰到一块松动的岩石。我原本试着抓住任何牢固的东西来阻止自己下跌，指甲抠进岩石寻找裂缝，却已然来不及。终于，我光着的一只脚挤进了一条裂缝，代价是脚踝扭伤。柔软的脚底被什么东西划破，但我咬紧嘴唇坚持着，直到疼痛缓解下来。

面前的隧道几乎以垂直的角度倾斜而下。我抱紧双膝靠近胸口以卡住身体，然后伸长脖子往下看。下面的隧道张着大口——我看不到尽头——吐出滚滚的浓烟，烟雾充满整条隧道，呛得我剧烈咳嗽。下面传来一阵轰隆声，积聚着前所未有的凶猛力量。

我小心地滑到豁口，大口喘着粗气，肺部吸入了刺鼻的烟雾。在我下方，火山坑张着炙热的大嘴，正一张一合地吐着熔岩。岩壁上突出的壁架被火光映得通红，滚烫的热量迎面向我扑来。

我脸颊上的皮肤烫出了泡，五脏六腑和裸露在外的皮肤都一样刺痛难耐。眼前一阵眩晕，我赶紧向后仰身，尽力伸直腿抵住隧道边缘，以防自己掉下去。我忍不住地咳嗽、颤抖。

虽然感觉过了很久，但其实距离我将卢佩留在洞中才过去了几分钟而已。我现在到了这儿，攀在尤特巢穴的岩架上，如同一千年前的阿林塔。

我想起那些再没机会告别的人：爸爸，被关在阴森幽暗的迪达洛；巴勃罗，躺在河岸边；卢佩，安睡在上面的洞穴里。她会有事吗？她能活下来吗？

“别想了。”我必须接近尤特。也许我成不了阿林塔，但必须尽全力拯救卓亚岛。

我小心翼翼地蹲下身体，双腿够向下面的岩架。这段落差很大。隧道再次震动起来，我正准备继续往下，但这次的动静与水晶洞穴里的震动或提比赛那奔跑时的颤动都不同。它比提比赛那的吼声更刺耳，也更恐怖。我刚想拉回双腿，但手上一滑，整个人就向下飞了出去，一直往深渊坠落。

嘎吱！我的屁股撞上一块岩架，阻挡了坠落的势头，我只靠前臂支撑着悬在空中。我的双腿荡来荡去，在灼热的空气中乱蹬，身体摇晃得更加厉害了。我紧紧抓住扎手的岩石，指甲都断裂了。但一切都是徒劳。我根本没有力气将自己拉上去。

但此时我的耳边响起一个声音：我不想死。

卢佩说得对。我不是阿林塔，我只是个普通人。我期盼卢佩立刻出现，用她修长的手臂拉我上去。但她相信了我的谎言，已经安然入睡。现在，我连想做的事都无法完成。我救不了她，救不了爸爸，更救不了卓亚岛。

我再也坚持不住。岩架又一次剧烈震动，我掉了下去。

我坠落在下方的岩架上，五脏六腑几乎都要咳出来了，后背仿佛断成两截，剧痛放肆地在双腿和颈背上蔓延。有一会儿——也许是一分钟，也许更长——我动弹不得。我的身上沾满熔化的沙子，虽然我能感觉到地面是坚硬的，但地面似乎不在身体之下。

我闭着眼听到液体在黑暗中流动，最后一切归为寂静。

随后，轰隆隆的震颤越发剧烈，明亮的星光刺破黑暗。我能感觉到它们，地面就像荡漾着层层涟漪的水面，我随波浪漂浮着。我能感觉到它们。我很肯定。但我身下仍然什么也没有，仿佛自己正飘浮在空中。大脑已经分成两半，一半装着疼痛和嘈杂，另一半空空如也。我不知自己身在何处，一切都变得虚无。

事情绝对有些诡异。虽然我确信自己肯定做不到，但我坐了起来——那究竟是不是我？——我离开身体，获得了自由，身体像斗篷一样滑落在身后。我没有回头去看疲软地瘫在岩架上的身体。我感到它停留在那里，而身体里面的我向岩架边缘爬去，我甚至能感觉到粗粝的岩石正在摩擦我的膝盖。我抬起头。

尤特悬在我的面前。

它不是火山坑里的浓烟和熔岩的混合体，而是一种接近人类的形象，只不过体积更庞大。它从熊熊燃烧的火焰中升起，伸出六只胳膊，躯干周围环绕着团团浓烟。

它开口了，震耳欲聋的声音震得身下升腾起滚滚浓烟，浓烟扑面而来，熏得我几乎窒息。它的声音尖厉刺耳，像提比赛那垂死时的吼叫。成为灵体的我跪在岩架边缘，这时，好似有股压力在我的额间硬生生撕开一条缝，它的话穿过缝隙钻进了我的大脑中。

“你想要干什么？”

“阻止你，像阿林塔那样。”

我发不出声音，感觉自己在两个“我”之间挣扎着，喉咙紧紧的。我好像跪着，又好像躺着。但尤特似乎听到了我的心声。那股重压再一次撬开我的头颅。

“太迟了。”

它的手指钳住我的肩膀。我闭上眼睛，等待坠落。

22. 忘却的故事

“你在干什么？”

我在上升，有人拉住我的身体向上提。

“该死的，你究竟在干什么？”

是卢佩。她正大喊大叫着将我往上拉。热浪向我们袭来时，我的手臂刚好攀住她的肩膀。岩壁上裂开了很多缝隙，她拉着我挤进去，我的头撞到了岩石。

现在我恢复了知觉，开始感觉到疼痛，身上哪里都疼，从后背到肩膀，一直贯穿到双腿，脑袋则如同撕裂。妈妈那张地图的碎片是否还在口袋中已经不重要了。这趟旅程的痕迹已经结结实实地印记在我的皮肤上，每道划痕都像一条指引我们前进的路线，每处伤疤也都是提醒。尤特的话灼烧着我的脑袋，就像一串滚烫的珠子穿过我的心脏。

太迟了。

地面又传来一阵剧烈的抖动，尽管卢佩脚下裂开一条鸿沟，我仍能感觉到她拖着我一直向前。我们紧紧蜷缩成一团，像石头一样滚落下去。

我渴望能早点滚到底，哪怕撞到岩石或掉进火山坑。但我们只是一直痛苦万分地在下坠。迷宫并不打算就此放过我们。尤特要让我们落入它的迷宫深处，落入它的魔掌。

我背后的岩石变得光滑起来。我听到一声咆哮，仿佛水声、火焰声和风声混合在了一起。然后震颤停下来。我也停止了下坠。

我的脑袋天旋地转，木头硌着我的屁股，我转头看见了卢佩。我们似乎又掉进了一个洞穴，但这个洞穴的洞顶非常高，都看不到。

“你没事吧？”

“我都习惯往下掉了。”她脸色苍白地说道，“真希望地面不再晃动了。”

“你是怎么来到我这儿的？”

“我搬走了石头。”我注意到她的手上布满伤口，指甲全磨烂了，细瘦的腿上也全是刮伤。她是怎么将我背起来的？

“伊莎，那里怎么是回事？我以为你死了。”

“我也以为自己死了。”我开玩笑地说。我没有告诉她关于灵魂抽离、出现两个自己，还有与尤特对话的事。她不会相信我的。连我都不知道应不应该相信自己。“我想我一定是晕过去了——”

幸好我不需要给出进一步的解释，因为卢佩已经转移了注意力。她的眼睛紧紧盯着我的身后，说道：“伊莎，转身。”

她的眼神如同在水晶洞穴看见水晶时一样。我随着她的目光看过去，惊得下巴几乎掉下来。

我身后几英寸[1]之远的地方，黑色的火焰正倾泻而下。一座瀑布，一座被无形屏障罩住的火瀑布。这座火瀑布不仅向下倾泻，还向上、向外、打着转儿地喷涌着。我们仿佛是跌落到了海底，隔着玻璃欣赏海水的翻滚奔腾。

玻璃。我向前爬了一步。

“别去！”卢佩喊道，“你要干什么？”

“没事的。”我说道，“你看。”

我举起木头慢慢戳向黑火，卢佩吓得不敢喘气。只见黑火表面像一层奶膜，轻轻晃动着。她也向前靠了靠，我们并排趴在地上。“难以置信！这是什么？”

“这是玻璃。”我回答道。

“玻璃？”她若有所思地问，“就像我家窗户上的那种玻璃？”

“对。”

“但是这儿怎么会有玻璃呢？”

咆哮声四起，很像大海的声音。

---

[1] 1英寸约合3厘米。

“这是熔沙。爸爸——”

“你爸爸告诉你的，这我知道，但它是怎么形成的？”

“是沙子。我们一定是在海滩下面。沙子熔化后就能形成玻璃。不过我不清楚具体是怎么一回事。它之所以是黑色的，是因为沙中的贝类。”

“沙子不是贝壳的微粒吗？”

“还有其他东西呢，比如水晶。”我皱起眉头看向她，“你是想问这些吧。”

“是的。”

“爸爸说，如果你凑近观察玻璃，就能看到各种熔化的物质。沙子也是如此，它们看起来就像贝壳的微粒。”

“他是怎么知道的？”

我的脸红了。“他只是猜测，但这种猜想很有道理。”

我等待着她的嘲笑，但她只说了句：“我要凑近去看看沙子。”

我们沉默地盯着翻腾的火焰看了一阵。然后卢佩问道：“那么玻璃也会熔化吗？”

我知道她到底想问什么。

“我觉得如果它是通过熔化形成，那么自身肯定会熔化。”

“明白了。”她说道，“好像有点不公平，不是吗？离大海只有一壁之隔，却无法到达大海。”

“有点像回到了格罗梅拉村。”我说道。

她的笑容消失了。“我也这么觉得。”

我们注视着玻璃。它已经快支撑不住了。玻璃很快就要破裂或熔化，这样一来我们与尤特的火焰之间将再无阻隔。

“那之后发生了什么？”卢佩问道，重新拾起先前的话题，“你是掉下去的，还是……”

“我不知道。”我静静地说道。我确信自己听到了尤特的话，确信自己的身体与灵魂分了家，但这些又是不可能的。不过现在没关系了。一切都已无关紧要，都不重要了。“我不想再提了。”

卢佩牵起我的手，说：“我给你讲个故事怎么样？”

“是故事还是传说？”我俏皮地问。

但她面色严肃地说：“当然是个故事。”

“好吧。”

她夸张地清清嗓子。

“很久以前，有一个女孩，她的父亲是画地图的，但她坚持让大家称其为制图师，她认为她的故事最好，不想让任何人来讲——”

我使劲儿捶了她一下。

“故事还没开始呢！”她故作生气地说道。

“我都猜到了。”

玻璃发出咔嚓声，吓得我们跳起来。玻璃上虽不见裂缝，却翻滚得更加剧烈。

“你最好快点讲。”我揶揄道。

我们面对面盘腿坐着。卢佩继续她的故事。

“很久以前，一位仁慈的国王和一位王后统治着一个国家。有一天，王后决定去游历王国。于是她骑着马独自出发了，因为她是位骑术精湛的骑手。但是几天后，国王收到一座村庄送来的消息。按照计划，这座村庄本应是王后游历的第一站，但她没有如期到达那里。

“国王日复一日骑着马去各个村庄，而且不断增派人手寻找皇后。一周后，精疲力竭的国王终于崩溃了。所有人都没能找到他的妻子。

“失去王后让国王变得疯狂。树不再结果实，河水干涸，露出棕色的河床。天空灰暗，村民们也萎靡不振。但对国王来说这点苦难还远远不够。他下令增加苛税，组建军队去邻国网罗绘图人。他开始沉迷于绘制领土地图。

“接连来了许多绘图人，但他们画出的地图都无法令国王满意。国王想要的是更广阔更详尽的地图。不久，他的手下带回一位东方制图师。这位制图师很聪明，意识到国王心中的苦楚之后，他发誓会竭尽全力地达成他的心愿。制图师想到一个办法。他提出绘制一幅没有比例的地图，更确切地说，就是绘制一张和实际尺寸一致的地图——”

“你是怎么知道‘比例’这个词的？”我忍不住问她。

卢佩疲惫地望着我回答道：“我确实认真听你说话了，你知道的。”

恰好就在这个时候，玻璃咔嚓一声响了。我转过身，可还没来得及看到，卢佩就抓住了我的手臂。

“最好别去看。相信我。”

我迎着她的目光，点点头。她再次握住我的手，继续讲故事，语速越来越快。

“绘图人首先需要准备纸墨，然后辨识星星。在制图师绘制星图时，国王命人去森林，架起巨大的捕虫网捉住各种昆虫，再将它们碾磨成不同的颜料，很快就制出了上百桶墨汁供制图师使用。紧接着，为了让制图师辨识星星时视线不受阻挡，国王又命人砍伐森林，然后将树木捣成浆，加入河水制成纸。动物们全死了，人喝了被污染的河水也中毒而亡，但国王全然不在意。他只想找到他的妻子。

“制图师动工了。从西岸开始，他铺开纸张，在图上标出房屋、道路和河流的位置。他用纸覆盖住农作物，它们因缺乏阳光而枯萎，但国王仍旧不在意。他的臣民们纷纷离开家园，扬帆出海去往别的国家，因为那些地方的统治者不像他这般疯狂残暴。

“不久，这个国家只剩国王和制图师两个人。就在地图快要完工时，制图师在遥远的海岸附近发现了王后和马匹的残骸。他骑着马横穿国家，跋涉数英里，将消息告诉了国王。

“悲痛袭来，国王的心都要碎了。可大夫们早就逃离了这个地方，所以无人医治他。最终，国王死在了制图师的怀中。”

她的故事讲完了。我耸耸肩。

“地图怎么样了？”

卢佩爆发出一阵笑声。“也只有你会问‘地图怎么样了’吧。”

我等着她的答案。“到底怎么样了呢？”

她耸耸肩，说：“我不知道，也许雨水将它淋成了碎屑，也许制图师将它折成一艘船，然后乘着它扬帆出海了。”

“真的吗？”

“你知道这只是个故事吧？”

“嗯。”我顿了顿，“这是我听过的最好的故事。谁告诉你的？”

她开怀大笑。“是你呀。”

“我可没讲过。”

“真的是你。”她重复了一遍，语气温柔下来。

笑容从我的脸上褪去。“啊？”

“我过生日的时候你讲的。那是三年前，我们刚成为朋友。

你给我画了幅去养兔场的地图，然后我们坐在养兔场旁边时，你讲给我听的。我很喜欢，于是回到家就把它写了下来。你真的不记得了？”

我缓缓地摇摇头。我只记得，当时已经没时间为卢佩准备生日礼物了，只好想到什么就讲给她听。我从没想到她竟然会如此喜欢，不仅记住了它，还将它写了下来。

“在家时我常常拿出来读。故事里有你最喜欢的东西，冒险、地图……”

“和伤感的结局。”我接着说。

“嗯。”

玻璃再次发出咔嚓声。这次卢佩慢了一步，未能阻止我。上方玻璃最厚的地方开裂了，就像岩石上裂开的一道缝。火焰舔舐着裂缝，玻璃咕咕地起泡。

我们彼此分开都往后退。火焰虽然尚未穿过裂缝蔓延过来，但整个玻璃表层都开始慢慢流淌到地上，形成一汪冒着泡的恐怖水池。

我的后背抵在玻璃对面的岩壁上。有个东西戳到了我的脑袋。

“哎哟！”我的手指摸到了黏稠的血液。

卢佩从破烂的裙子上撕下一块布，帮我止住血。“怎么了？”

“我撞到头了。”

“撞到什么上了？”

我从腰间拿出木头照向墙壁。

墙壁上有块灰暗的东西突出来，看起来像是一块样子奇怪的岩石，但颜色更浅。于是我举起木头凑近去看，那东西闪过一道光泽。

这根本不是块石头。这是块金属。

23. 永别

“这难道是……”我喃喃自语，“阿林塔的剑？”

这必须是。剑的外表因年代久远而锈迹斑斑，但如果我眯起眼睛仔细看，就可以发现上面的凹痕是雕纹。如果这是阿林塔之剑，如果我没有猜错的话，那么岩石的另一面就是大海……

“只有大海才能击败火魔。”

这是我们最后的机会，是一千年前的古人传承下来的礼物。我说过玻璃是熔化的沙子，这便意味着我们在海滩下面——甚至有可能就是在格罗梅拉村附近的海滩下面。那种咆哮，那种听起来既像风声又像火焰声的咆哮，其实更像是，水声……

我用手指轻抚剑身。剑身滚烫，剑刃已经变钝，黯淡无光，可我仍能感觉有股力量贯穿全身。我的心脏在胸口剧烈地跳动。我试着去握剑柄，但剑柄炙热烫手。我用外衣裹住手再次尝试，但它死死卡在岩石里。我拼命地往外拔，这时卢佩用手轻轻按住我的肩膀。

我顿时像泄了气的皮球，泪水模糊了双眼，滚烫而刺痛。“你说得对。”我苦涩地说，“我不是她。”

“但剑就在这儿！”卢佩抱住我，“这是真的，伊莎，这不是故事。”

我吸吸鼻子。我曾经非常肯定剑会听从我的意愿。

我们身后的玻璃又裂开一条缝。巨大的热浪扑进洞穴，我立即环顾四周，看到有些缝隙已经裂成小洞。洞口虽小，但火焰迅速钻进来。洞里的空气似乎被抽光，取而代之的是高温、炎热。就在这时，我们看到玻璃熔化成液体，裂口越来越大，一小股熔岩穿过玻璃往我们这边流淌。

我转身看向卢佩，她早已用手握住了剑柄。我看到她的手掌烫出了泡，还闻到一股皮肤烧焦的味道。

“卢佩，快停下！”我试图拉开她烧焦的手掌，但她睁大双眼，一把将我推开。

“我必须这么做，伊莎！我必须弥补这一切——”

“为什么？”

“因为我爸爸。”

“我不明白。”我说着向她伸出手，但她后退了一步，身体颤抖着，眼神燃烧着愤怒。

“我爸爸都知道。他不相信尤特，但他知道。”

我吃惊地看着她。

“那封信里说的。”卢佩的指甲抠进手心，我能看到她的皮肤起了皮，“那才是他来这里的原因。他杀了自己的父亲，作为惩罚被流放到这里。”

“为了救赎。”我低语道，但卢佩没有听见我的声音。

“他本应该帮助所有人离开，帮助他们逃离尤特，可他却控制了卓亚岛。正如你所言，他太烂了。”

“可这不是你的错。”我试着去理解她的话，小心斟酌地说道。总督早就知道尤特不是传说？没等我开口提出更多问题，她又一次握住剑柄。金属嘶嘶地炙烤着她的手掌。

“卢佩，不要！”

我刚要冲上去阻止她，但突然——

“它动了！”

积压千年的力量在瞬间爆发出来，但这一瞬间分解成无数细碎的时刻，永远烙印在我的脑海之中。

先是另一个咝咝声与卢佩手掌的咝咝声合在一起。紧接着，一股细流喷涌而出。下一秒，细流演变成洪流。

就在火瀑布冲破玻璃，以雷霆万钧之势奔涌而来之际，洪流迎上前去。我们立刻被排山倒海的海浪冲散。

一阵挣扎后，我们拉到了彼此的手。

世界天旋地转,不仅上下颠倒,而且左摇右晃。地面不断开裂,缝隙越来越大。混乱之中，我紧紧拉着卢佩的手——也许是卢佩紧紧拉着我的手？——虽然拔剑后，她的手一定疼痛万分。海水将我拍入深处，我的耳膜突突闷响。我们越沉越深，身体完全失去了控制，只能随海水起伏。

我们快要淹死了。我的脑袋里似乎承受了千斤重量，眼球鼓突，肺部的空气仿佛被抽光。

海水以摧枯拉朽之势冲毁了尤特的千年迷宫，就像摧毁一张薄薄的纸。海水裹挟着我们在汹涌的波涛中向前，最后水流终于舒缓下来。我能做的依然是紧紧抓住卢佩的手。这是我唯一的信念。

就像世界突然天翻地覆一般，一切又瞬间恢复正常。

我浮出水面，脑袋撞上坚硬的岩石。我吐出海水和血水，舌头咬破的地方一阵疼痛。卢佩在我身边也露出头。我的胳膊被什么东西拉上水面，紧接着我意识到，这是我手中握着木头的缘故。它漂在湍急的水里上下起伏,坚定地如同曾曾祖父里奥塞斯的船。

我拖着卢佩向前，让她也抓住木头。我们一手抓着木头，另一只手彼此相握，顺着汹涌的海水穿过一条隧道，我大概能猜到这条隧道是迷宫里的一条。没有提比赛那的踪影，也没有尤特和火焰。它已经被大海吞没，完全消失了。

我们的腿被什么东西勾住，即便有木头的浮力，但我们还是被拉着往下沉。我咬紧牙关，想使劲儿将卡住的脚拽出来，可再这样下去脚踝会被扭断，我只好作罢。

我们被冲进了一个高大的洞穴里。我的脚划过水下暗礁，最后卡在石缝中，疼入骨髓。我大声喊了出来，感觉到卢佩把我的脚踢了出来。先是有种奇怪的阻力，接着是一个沉闷的咣当声，像是陶罐破碎的声音。然后我们就顺着水流，平缓地漂浮起来。

我咳出一口水，问道："你没事吧？"

卢佩疲惫地看向我，使劲儿地向外咳着海水，手几乎连木头都抓不牢。她受伤了。

"坚持住！"我紧紧握住她的手，慌乱地环顾四周。几米之外，有一小块阴影引起了我的注意。

是个洞口。

我忍不住欢呼起来，随即灌进一口咸涩的海水。

"快看！"

卢佩抬起眼皮，点点头。但似乎有哪里不对劲儿。她的瞳孔很大，似乎夜色已经侵入她的眼底。我踢踢她，试图让她保持清醒，但海水减缓了我的动作。她一定是撞到了头部。

我将嘴靠在她的耳边，大声喊道："没事了，我会带你回家。"

水位上涨得很快，我们不得不仰着头，保持嘴巴能呼吸到空气。我用空闲的手搂住卢佩的腰，然后开始蹬腿往洞口游。

洞口圆圆的，就像人为开凿出来的一样。水面漂浮着一些东西——是碎布条，还有很像骨头的东西。有一块漂到我脸旁，我把它推开，奋力往光亮处划去。如果我们能上岸，我愿意付出一切。

就在海水即将淹没我们的头顶之际，我终于游到了洞口。我把卢佩拉到身旁，一起大口喘着气。上方的隧道似乎没有尽头，但也许它能带我们走出困境。

但是隧道越来越窄，我几乎得挤过去。突然，我们停止了向上的趋势，木头却依然漂浮在激流中，拽着我的手往上。

我的眼睛刺痛，我低头试图将卢佩往上拉，却看见她肩膀上的衣服被扯得紧紧的。一定是被什么东西卡住了。我试着撕开她的衣服，但她的身体已经卡进不断变窄的缝隙里。她被困住了。

我们没时间了。海水已经没过头顶。我的身体因为缺氧痉挛起来。卢佩一把推开我。我看到她的嘴巴一张一合，但我摇摇头——我猜不出她说的话。

她又张张嘴，悲伤地笑笑，嘴里冒出一串泡泡。“还是班上最矮的……”

然后她试着松开木头。

我紧握她的手。“不行。”

涡流中，我们凝视着彼此越发模糊的脸庞，时间仿佛停摆的钟表般静止不动。我的脑袋空空的，又胀胀的，如裂开般疼痛。明亮的星星似乎在我眼前晃动，我在心中呼喊。

卢佩轻轻捏捏我的手，将木头推向我这边，木头的尖端扎进我的肩膀。

我倒抽一口气，身体像泡泡般快速上浮，卢佩从我的指间滑落。

肩膀上的疼痛包围了我。我试着将木头推回去，却失败了。我透过染红的海水往下看，只见卢佩向上伸出手，手腕上的手链闪闪发光。她面容安宁，最后一丝空气离开了她的嘴角。

然后，她不见了。

24. 逃出生天

海水将我推向更深的黑暗。

终于，海水把我重重地抛上来，不是摔在地面，而是摔在岩石上。木头从肩膀掉落，疼痛席卷我的全身。温热的血渗入外衣，一阵声音像海浪般袭来。

“这儿有个孩子！”

“怎么回事？”

“水是从哪儿来的？”

我吐出海水，皮肤被盐水蜇得生疼。脑袋旁边的洞口里不断涌进更多的水。很多双手将我从水中拉出来。

有人架着我的腋窝将我抬起。我摇晃着无法站稳，感觉有水冲刷过脚踝。四处回荡着声响，鼻腔里充满霉味和腐烂的臭味。我熟悉这种气味。我睁开了眼睛。

在木头的光亮中，我看到很多茫然的面孔注视着我。

我在迪达洛里面。

“地下世界在清空！”一个男人激动地尖叫道。

“是伊莎贝拉！”另一个声音惊呼道。我急忙环顾四周，那个声音……

巴勃罗赫然站在我面前，玛莎在他身旁，背驼得更加厉害了。他怎么会在这儿？他的额头和下巴上有粗糙的缝合痕迹，但他正在微笑。玛莎解开自己的斗篷，紧紧包住我肩膀上流血的伤口。

“孩子，你没事吧？你怎么——”

“快看！”那个激动的男人边说边往下指。

水位还在上升。木头漂到我的小腿处，我用未受伤的手捡起来。所有人都开始往同一个方向跑。巴勃罗不顾玛莎的挣扎将她扛到肩上，然后抓住我。

“快跑！”

周围一片嘈杂。我扭动手腕，想挣脱他，这时，在银色的亮光中，我看到了一张熟悉的面孔。那个身形一瘸一拐地向我走来，将我紧紧搂在怀中，勒得我几乎窒息。

是爸爸！

我用未受伤的胳膊搂住他，直到确信他真的就在这里，直到确信我真的回到了这里。我有太多话想说，但此时喉咙却发紧。他松开我，拿过木头，这样他就能握住我的手了。

我们挤在奔逃的人群中前进。爸爸紧靠着我，重量压在我身上，但他的动作比我想象的要敏捷。通道几乎都与迷宫隧道一样狭窄。左右两边传来混乱的呼喊声，越来越多的人涌出黑暗，加入往上跑的人流中。

现在水位已到达我的臀部，我抬头往上看，顿时感到一阵新的恐慌。我们面前只有一道狭长的楼梯，上面挤满了密密麻麻的人。从高处不断传来撞击声和救命声。我们远没有安全。

“怎么了？”前面的女人大声问。

问话声层层回荡,传到上面。几秒钟后,答案顺着楼梯传下来。

“锁住了！地板门锁住了！”

绝望的呼喊响成一片。后面的人为了躲避汹涌而来的海水，不断向前推挤。已经爬上楼梯的人紧紧抓住一条白色的细绳，那原本是用作楼梯扶手的。如果后面的人继续往前推，就会有人从边缘掉下去。

“不要推！”爸爸大声制止，但无济于事。恐惧已经吞噬了大家的理智。

我试着用疲惫的大脑想出个办法，但脑中一片空白。水位还在升高，已经浸透了我的上衣下摆，我的裤子湿透了，沉甸甸地裹在身上。我感觉有个尖锐的东西隔着衣物划过皮肤，往口袋里一摸，原来是被那把金色的钥匙戳到了。

我掏出钥匙圈。其余六把浸过水的钥匙闪闪发光。我想大喊，但仍旧发不出声音。我拉拉爸爸的衣袖，举起钥匙。他不解地看了一会儿，然后看到了钥匙圈上的蓝色皇家纹章。他将我往前推。

“伊莎贝拉，快去，快跑！”

我跑了起来，可身体的每一块肌肉都叫嚣着让我停下。我无视那些愤怒的叫骂声和痛苦的尖叫声，盲目地推开人群，踩着那些人的脚背，用指甲刮过那些试图阻拦我的手。台阶似乎没有尽头，就在我的双腿开始打战时，我看到了被灯光照亮的地板门，那盏灯正晃晃悠悠地挂在一个惊慌失措的男人手臂上。那个男人用力地撞门，另外一个男人则在抠门锁，血从他的指尖上流下来，但没人来帮忙。

我挤开人群走上最后几阶，拉住那个男人的胳膊。他低下头，眼神疯狂，我举起钥匙圈。他抓过钥匙圈，但手颤抖得厉害，以至于一失手钥匙掉了下去。眼看钥匙圈快掉出台阶边缘，落入下面的人群中，我冲过去抓住了它。

楼梯底部传来一声尖叫。我禁不住低头看去，水位已经上涨到人们的腰间。我摇摇脑袋集中精神，尽量忘记肩膀上撕裂般的疼痛。我上前几步，开始试第一把钥匙。

不是这把。

我手指颤抖地拿起下一把，旁边的人恐惧地催促道：“快点，孩子。”

更多的尖叫声、水花声从底部传来，个头矮的人奋力浮在水面，有的则被同伴们紧紧拉住。第二把钥匙能插入锁眼，却转不动。第三把也是如此。

最终，伴随着一声沉闷的咔哒声，第四把钥匙开始转动。那个男人兴奋地大叫，帮我一同转动插进生锈锁眼中的钥匙。然后他和另外两个人用肩膀抵住门，使出全身力气想要推开它。

但他们推不动。

其中一个人指着门的边缘尖叫起来。生锈的巨型长钉穿过了地板门。“他们想让我们困死在这儿！”

这时，这个人被一把推开，巴勃罗挤到了前面。他用肩膀抵住门，用力往上顶，脸上的疤痕变得狰狞扭曲，与此同时，地板门摇摇晃晃地脱离了合页。

光线像海浪般倾泻到我们身上，身后的人呻吟着遮住了眼睛。

巴勃罗跳上地面，然后帮我蹒跚地爬出来。洞口正好开在总督家的走廊里。我只来得及向周围瞥一眼，发现长廊上的火把依然在燃烧，可竟然没有一个守卫，紧接着就被巴勃罗紧紧抱住。他的力气很大，尽管我的肩头疼痛不堪，但我依然任由他抱着。他手心的温度透过我的外衣传过来，温暖得不可思议。

然后，他把我推到他身后的墙上，自己则跑过去帮助第一批争抢着从楼梯涌出来的人爬上长廊。

人流绵延不断，似乎没有尽头，很快就挤满了四条长廊，有些人加入巴勃罗，帮助老人或受伤的人爬出陡峭的楼梯。后面的人脸色越来越疲惫，衣服也逐渐湿透。

“爸爸呢？”我扯着嗓子问道，此时的巴勃罗正帮一个妇人爬出洞口，汗水浸湿了他的头发。

我还没来得及拉住他，他已经走下楼梯，进入迪达洛幽深的黑暗中不见了。

我想跟着一起下去，但肩伤愈发疼痛难忍，我只好紧靠着墙壁留下来。我看到对面有一只插着大头针的蝴蝶标本，虽然不断有人飞奔而过，但我一直盯着它。迪达洛怎会关着这么多人？一位年迈的老者露出头，长长的胡须缠绕在他的手臂上，他的眼睛已经看不见了。玛莎在他后面费力地爬了出来。

我终于看到了巴勃罗的头，他的黑头发紧贴头皮。他正拉着一个人的胳膊向上走。爸爸出现了，他汗如雨下，脸颊凹陷，这是他忍受疼痛时吸气的动作。巴勃罗将爸爸的胳膊搭在自己肩上，扶着他走路。这让我想起了迷宫中卢佩扶着我走路的情景。看着他们向我赶来，我大喊起来。爸爸和巴勃罗后面还跟着两个男人，他们似乎是最后一批，因为他们上来后就一起关闭了活板门。

除了爸爸，我对任何事都麻木了。我用力推墙，强迫自己艰难地向爸爸挪去，没走几步就跌倒在他的怀中。

一个震耳欲聋的声音响彻整座府邸，剧烈地摇晃的大地将火把从墙上震落。火把点着了房子里的布料装饰，我摔到地板上，巴勃罗冲上来护住我和爸爸。

我们互相搀扶着站起身，像蚂蚁逃离巢穴般沿着走廊奔跑。火焰在地板上蔓延，迅速吞没掉精致优雅的地毯和油画。我仿佛又回到了尤特的巢穴，不知道自己会先被烧死还是先被砸死。

地面再次颤动，剧烈地摇晃着房屋。长廊的墙壁裂开了一条巨大的缝隙，我的双腿开始无意识地颤抖。不过很快，我们就跑到紧邻马厩的院子里，天空正下着瓢泼大雨，比我见过的任何一场大雨还要猛烈。

雨点溅起地上的泥浆，地面剧烈地震颤，根本无法站稳。又一阵猛烈的震颤和可怕的轰隆声贯彻整个身体，我摔在地上。

雷鸣般的声音划过天际。从这个距离看过去，市集广场上的货摊就如口袋玩具一般大小，它们接连倒塌，扬起的尘灰被暴雨裹挟着冲入泥浆。阿瑞塔拉河已经冲破河岸，卷着碎石瓦砾一路向北奔腾而去。市集中央的水井正向外喷水，就像一座喷泉。

“大海，”爸爸的嘴巴也沾满泥水，“正拉着卓亚岛摆脱束缚！”

大海似乎用尽力气进行了最后一次拉拽。地面晃来晃去，我看到巨大的海浪冲过下方的海湾，吞没掉破败的房屋。总督的船外壳焦黑，停泊在港口，随着海浪上下颠簸，可其他的船只都不见了踪影。

大风拉扯着我们的衣服，吹散了雨云，撕开天空的帷幕。雨云消散开，大雨也跟着跑了，天空恢复了往昔的蔚蓝，我们被突如其来的阳光照得头晕目眩。

震颤慢慢减弱，最后停止了。地面不再摇晃，小岛好像找回了平衡。我喘着气，肺部好像已经停止了工作。我四周不断有人站起来，开始呼唤彼此。我们身后的总督府已经完全倒塌，屋顶也断裂了。

“它在漂移。”爸爸喊道，“卓亚岛在漂移。伊莎贝拉，你做了什么？”

我还是发不出声音。大海，卢佩解放出的大海拔起卓亚岛的地基，像折断一株水百合的茎秆一样将卓亚岛推离海底。我听说过浮岛，它会顺着洋流漂浮，像有生命的船一般环游世界。我曾为这些故事着迷，但现在却不在意了。

卓亚岛上方的蔚蓝天空在我头顶铺展开来，岛下流动着深不见底的海水。我闭上眼睛，泣不成声。

一年后

25. 卢佩的树

你知道浮岛究竟漂移得多快吗？我知道。

有时候，它就像骑在巨型海龟的背上，速度慢得如同在休眠。在满月的夜晚，如高山一般壮阔的海浪让佩普狂躁不止，浮岛的速度快到可以和风比肩。

所以答案是：浮岛漂移的速度是随心所欲的。

我觉得目前为止我们到达的地方甚至已经超出了爸爸的认知。根据他的计算，现在的洋流正将我们往西带，朝着美洲而去。爸爸本可以乘上一艘过往的船只，更快地到达那里，但他说："这艘'船'已经是我们的家了，为什么要离开它呢？我们早晚会到那里的。"每天他都会在墙壁的地图上标出穿越西海的进度。我们已经环行了很多圈，地图上的标记看起来就像拉小姐的脚印。

拉小姐是和巴勃罗一起回来的，巴勃罗在卢佩和我走入迷宫后恢复了意识。他四处呼唤我们，最终确信我们死了。然后他回到格罗梅拉，将发生的所有事告诉了总督的卫兵，想说服他们跟自己回去帮忙，但这些守卫根本不信他的话，还将他再次关进迪达洛。直到幸存的流放者到达格罗梅拉，他们才意识到他的话是真的。

也就是那时，他们钉死地板门，登上能找到的船只，与总督夫人一起逃往了非洲。我很高兴卢佩永远不会知晓她的妈妈竟然如此轻易就抛弃了她。

除此之外，还有些事改变了，只不过没你想的那么多。一年后，我的头发长了，肩伤也几乎全部愈合。我的声音终于回来了，但我依然不喜欢多说话。巴勃罗的脸上留下了两道深深的疤痕，我开玩笑地说，他的脸跟玛莎一样爬满皱纹。但实际上，我觉得他一点都不丑。

爸爸在花园里为我搭了间小工作室，工作室的墙壁是用灯芯草和泥浆垒成的。我们邀请同学帮忙在墙上画画——只是外墙。而屋内，我将开始在内墙上绘制自己的地图。

港口重新开放，我们会与过往的船只做生意。大多数居民将房屋重建成原来的样子。爸爸甚至买了些绿色油漆来粉刷我们的新门，还从一艘来自中国的帆船上买了一大鸟笼鸣鸟。上周我们放飞了所有的鸟，现在它们正在树间歌唱。

屋外，一只宝蓝色的小鸟正在加博的塔百巴灌木丛中叽叽喳喳。灌木丛重新开花了。绝大多数植物都被暴雨摧毁，唯独它幸存下来，长势越来越好。灌木丛下埋着总督的钥匙。

说实话，我至今都对迷宫里发生的事情感到恍惚。我尽可能详尽地告诉爸爸那里面的事，关于提比赛那，关于地图的隐蔽层，但无法提供任何证据。地图毁了，恶魔之狗也消失了。也许是大海吞噬了它们，正如大海也吞没了它们的主人。

时至今日，真相已无迹可寻，或对卓亚岛成为浮岛这样的结局来说，真相是否重要。可我实实在在知道是，卢佩牺牲自己，拯救了我，拯救了所有人。她拯救了卓亚岛，就像一千年前，阿林塔做的那样。

时至今日，我依然无法跟她真正地道别。但我可以对她说谢谢。我终于快完成卓亚岛的地图了，是照现在的样子绘制的。爸爸和我已经对卓亚岛实地考察了三次，以免遗漏。一些村庄已经再次有人定居。

森林繁茂葱郁，格罗梅拉的所有村民聚集在一起，从来自欧洲的船舶上购买了野猪和公鹿。我在上次考察的途中看到了一只幼鹿，正在阿瑞塔拉河下游的池塘里喝水。瀑布像从前那般气势恢弘，但我没去瀑布后面寻找我和卢佩坠落的地方。我不喜欢没有星光的无边黑暗。

我在总督府的旧址上种了一棵龙血树。它长得很快，根部深深扎进迪达洛的废墟中。

我把它留在最后，作为最后一个需要绘制的地标。我小心地把它缝到我的地图上，绣成了一颗闪烁的金星，用的是与卢佩的手链一样的丝线。

“你真是多愁善感。”卢佩肯定会这么说。

我在星星一旁写下四个字：

卢佩的树

我坐下来，视线因连续多日伏在地图上而模糊不清。当我眨眨干涩的眼睛，活动发酸的肩头，再次凝视地图时，循着绿色的森林、蓝色的河流和浅色的星线，我不光在地图上看到了墨汁和线条，还有其他的东西——类似爸爸地图上的那种生命力。也许吧。

“不要骄傲自哦。”卢佩告诫我。

“伊莎贝拉！早饭好了。”爸爸在厨房呼唤我。粥闻起来有股烧煳的味道，一如从前。

“来啦。”

我低头看着完成的地图，不知道自己想哭还是想笑。

“站在那里一动不动没有任何意义。”

我不会站着一动不动的。无名洋流推动着卓亚岛不停地漂流，我再不会一动不动地站在那里了。

致谢

每本书都是团队的努力，这一本尤甚，请耐心听我一一道来。

首先，感谢我的家人。感谢我的父母安德里亚和马丁，以及我的弟弟约翰，你们陪我到世界各地和我的想象世界中去冒险，支持和鼓励我的写作，你们是我的朋友、编辑、校对员、鸡尾酒调酒师、旅行伙伴和对手；满足我在每个阶段的需要。一切都始于你们相信我可以。

感谢伊冯娜和约翰，你们是这世上最不拘传统的祖父母，因此也是最好的。感谢你们支持我难以到达的愿望，无论是成为第一位登上火星的女性还是做一个诗人。

感谢萨比那，你让我希望自己能写出你喜爱的故事。

感谢全世界所有的哈格雷夫、米尔伍德、卡雷尔和卡卡尔们，你们为我提供书籍、故事和灵感。

感谢伊兹、哈蒂、塞西莉、露丝和杰斯的支持，感谢你们为我的女主角们提供各种精彩绝伦的个性（其中之一就是名字）。

这个故事历尽数稿才最终成型。感谢阿迈勒·沙特吉决定让这个故事开始，感谢丽贝卡·艾布拉姆教给我完成故事的能力。

感谢所有阅读了各版草稿的试读人员：安德烈亚·米尔伍德·哈格雷夫、汤姆·德·弗雷斯顿、贾尼斯·考索瑞、米兰达·德·弗雷斯顿、马德莱娜·弗尼瓦尔、马克斯·巴顿、黛西·约翰逊、萨尔瓦特·哈辛、乔·布拉迪和埃米·韦特。感谢巴勃罗·德·奥雷利亚纳帮我校正西班牙语单词拼写并纠正我的发音。感谢汤姆·科比特对我的善意和信任。感谢任性的作家们——感谢你们不留情面的批评指正和慷慨的款待。感谢所有的作家、评论家和博主，尤其是阿比·埃尔芬斯通、梅林达·索尔兹伯里、埃玛·卡罗尔、西莉亚·雷斯、莉萨·希思菲尔德、露西·萨克森和菲奥娜·诺布尔，感谢你们的大力支持。

感谢萨尔瓦特和黛西——整个过程中最美好的部分就是与你们一起写作并成为朋友。我是如此地（嫉妒你们）为你们俩感到自豪。

感谢双方超赞的出版商。感谢梅拉妮，你的支持真的改变了我的人生。感谢你和兰登书屋－克诺夫出版公司团队所有成员对本书的信任。感谢维克托·恩盖，谢谢你为本书设计的封面，每每看到我都会激动万分，希望不久能再次拜访！

在鸡舍书屋，本书找到了一个真正美妙的归宿。感谢巴里、雷切尔·L.、雷切尔·H.、埃莉诺、雅茨、劳拉·S.和凯希亚：从创作到出版的每一步，你们都让我感受到自己正参与其中，并拥有你们的支持和关心。衷心感谢！感谢雷切尔·H.和海伦——感谢你们设计出了很棒的封面，让我一见倾心。感谢出色的审稿编辑达夫妮。感谢劳拉，你是一位耐心、周全、乐于助人的出版经理。感谢鸡舍书屋的同事M.G.伦纳德，感谢你的鼓励。

感谢巴里从杂乱的手稿中看到了潜力。感谢雷切尔·L.让本书成为我梦想中的样子。欢迎星期天晚上随时打电话来跟我讨论你的思路——事实证明，你是对的！

感谢我的代理人：赫利·奥格登和柯比·金，以及詹克洛&内斯比特公司的大家。感谢你们为我的故事找到了美好的家。感谢赫利——感谢你对我如此有信心，我别无选择，只能对自己有信心。

感谢读者选择这本书。

最后还要感谢汤姆——我的灵感源泉，我最好的朋友，是我开始创作和其他很多事情的初衷。我希望你能知道，本书正是因为有你才能完成——显而易见，你的论断现在证明是错的："你太懒了，根本写不出小说。"

图书在版编目（CIP）数据

追星星的女孩／（英）基兰·米尔伍德·哈格雷夫著；王一多，郭琼，王波译．—昆明：晨光出版社，2021.1（2022.8重印）

ISBN 978-7-5715-0674-2

Ⅰ.①追… Ⅱ.①基… ②王… ③郭… ④王… Ⅲ.①儿童小说－长篇小说－英国－现代 Ⅳ.①I561.84

中国版本图书馆 CIP 数据核字（2020）第 067017 号

ZHUI XING XING DE NÜ HAI

追星星的女孩

出版人 吉彤

作　　者 〔英〕基兰·米尔伍德·哈格雷夫
译　　者 王一多 郭琼 王波
封面绘者 贾雄虎
项目策划 禹田文化
版权编辑 陈甜
责任编辑 李政 常颖雯
项目编辑 杨博
装帧设计 萝卜

出　　版 云南出版集团 晨光出版社
地　　址 昆明市环城西路 609 号新闻出版大楼
邮　　编 650034
发行电话 （010）88356856 88356858
印　　刷 固安兰星球彩色印刷有限公司
经　　销 各地新华书店
版　　次 2021 年 1 月第 1 版
印　　次 2022 年 8 月第 2 次印刷
开　　本 145 毫米×210 毫米 32 开
印　　张 7.5
ISBN 978-7-5715-0674-2
字　　数 135 千字
定　　价 26.00 元